Heiner Müller
Kopien 2
Rotbuch 337

Heiner Müller
Texte 11

# Heiner Müller
# Kopien 2

Rotbuch Verlag
Berlin

1.-4. Tausend

Gesetzt aus der Korpus Baskerville Linotype
Satz und Druck Poeschel & Schulz-Schomburgk, Eschwege
Printed in Germany. 
ISBN 3 88022 337 8

INHALT

Anton Tschechow
# DIE MÖWE
(Originaltitel: »Čajka«)

Komödie in vier Akten

Mitarbeit Ginka Tscholakowa

PERSONEN

Irina Nikolajewna Arkadina, *verehelichte Trepljowa, Schauspielerin* / Konstantin Gawrilowitsch Trepljow, *ihr Sohn, ein junger Mann* / Pjotr Nikolajewitsch Sorin, *ihr Bruder* / Nina Michailowna Saretschnaja, *ein junges Mädchen, Tochter eines reichen Gutsbesitzers* / Ilja Afanasjewitsch Schamrajew, *Leutnant a. D., Gutsverwalter bei Sorin* / Polina Andrejewna, *seine Gattin* / Mascha, *seine Tochter* / Boris Alexejewitsch Trigorin, *Schriftsteller* / Jewgenij Sergejewitsch Dorn, *Arzt* / Semjon Semjonowitsch Medwedenko, *Lehrer* / Jakow, *Arbeiter* / Ein Koch / Ein Hausmädchen

Das Sorinsche Gut.
Zwischen dem dritten und vierten Akt liegen zwei Jahre.

# I

*Teil des Parks auf dem Gut der Sorins. Eine breite Allee, die vom Zuschauer weg in die Tiefe des Parks zum See führt und an deren Ende sich eine Estrade befindet. Hastig zusammengehämmert für die Hausaufführung, so, daß der See nicht sichtbar ist. Links und rechts von der Estrade Gebüsch. Einige Stühle und ein Tischchen. Gerade ist die Sonne untergegangen. Hinter dem geschlossenen Vorhang Jakow und andere Arbeiter. Man hört Husten und Klopfen. Mascha und Medwedenko kommen von links, kehren vom Spaziergang zurück.*

MEDWEDENKO Warum gehen Sie immer in Schwarz?

MASCHA Das ist die Trauer um mein Leben. Ich bin unglücklich.

MEDWEDENKO Warum? *Nachdenklich:* Ich verstehe nicht. Sie sind gesund, und wenn Ihr Vater auch nicht reich ist, er hat sein Einkommen. Mein Leben ist viel schwerer. Dreiundzwanzig Rubel im Monat, und davon zieht man mir noch etwas ab für die Pension. Und doch trage ich keine Trauer.
*Sie setzen sich.*

MASCHA Am Geld liegt es nicht. Auch ein Armer kann glücklich sein.

MEDWEDENKO Das ist die Theorie, aber in der Praxis geht es so: Ich, eine Mutter, zwei Schwestern und ein Brüderchen – und das Gehalt im ganzen dreiundzwanzig Rubel. Essen und trinken muß man doch? Tee und Zucker braucht man? Tabak? Da sieh zu, wie du dich drehst.

MASCHA *zur Estrade sehend:* Bald beginnt das Schauspiel.

MEDWEDENKO Ja. Spielen wird die Saretschnaja, und das Stück ist von Konstantin Gawrilowitsch. Sie sind verliebt ineinander, und heute verschmelzen ihre Seelen in der Kunst. Für meine Seele und Ihre gibt es keinen Berührungspunkt. Ich liebe Sie. Ich kann vor Trauer, Sehnsucht, Schwermut nicht zu Hause bleiben. Jeden

Tag gehe ich zu Fuß sechs Werst hin, sechs Werst zurück und begegne nur Gleichgültigkeit von Ihrer Seite. Das ist verständlich. Ich bin ohne Mittel. Ich habe eine große Familie. Was für eine Lust, einen Menschen zu heiraten, der selbst nichts zu essen hat.

MASCHA Unsinn. *Schnupft Tabak.* Ihre Liebe rührt mich. Aber ich kann sie nicht erwidern. Das ist alles. *Reicht ihm die Tabakdose.* Bedienen Sie sich.

MEDWEDENKO Ich mag nicht. *Pause.*

MASCHA Schwül. In der Nacht vielleicht kommt ein Gewitter. Ihr alle philosophiert oder sprecht vom Geld. Für euch gibt es kein größeres Unglück als die Armut. Doch für mich ist es tausendmal leichter, in Lumpen zu gehen und zu betteln als ... Übrigens, Sie verstehen das nicht.

*Von rechts kommen Sorin und Trepljow.*

SORIN *sich auf den Spazierstock stützend:* Mir, Bruder, bekommt das Dorf irgendwie nicht, und, versteht sich, nie werde ich mich hier gewöhnen. Gestern lag ich um zehn im Bett, und heute früh wachte ich auf um neun mit einem Gefühl, als ob vom langen Schlafen mir das Gehirn am Schädel klebt, und dergleichen. *Lacht.* Und nach dem Mittagessen schlief ich wieder ein, und jetzt bin ich müde. Ich leide am Alpdruck, alles in allem.

TREPLJOW Richtig. Du mußt in der Stadt leben. *Mascha und Medwedenko sehend:* Herrschaften, wenn es beginnt, wird man Sie rufen, jetzt dürfen Sie hier nicht bleiben. Gehen Sie bitte.

SORIN *zu Mascha:* Maria Iljinitschnaja, seien Sie so gut, bitten Sie Ihren Vater, daß er den Hund losbinden läßt. Er heult. Meine Schwester hat wieder die ganze Nacht nicht geschlafen.

MASCHA Sprechen Sie mit meinem Vater selbst, ich tus nicht. Entschuldigen Sie mich. *Zu Medwedenko:* Gehen wir!

MEDWEDENKO *zu Trepljow:* So werden Sie uns vor Beginn benachrichtigen.

*Beide gehen weg.*

Sorin Das heißt, wieder wird die ganze Nacht der Hund bellen. Das ist eine Geschichte. Nie habe ich auf dem Dorf so gelebt, wie ich wollte. Du nimmst dir achtundzwanzig Tage Urlaub und fährst hierher, damit du dich erholst und alles, und hier überhäuft dich so ein Unsinn, vom ersten Tag an willst du weg. *Lacht.* Immer fuhr ich mit Vergnügen ab. Nun, jetzt bin ich pensioniert, wohin mit mir, alles in allem. Willst du, willst du nicht, lebe ...

Jakow *zu Trepljow:* Wir gehen baden, Konstantin Gawrilowitsch.

Trepljow Gut, aber in zehn Minuten seid ihr auf den Plätzen. *Blickt auf seine Uhr.* Bald fängt es an.

Jakow Ja. *Geht weg.*

Trepljow *die Estrade musternd:* Da hast du dein Theater. Der Vorhang, dann die erste Kulisse, dann die zweite, und der leere Raum. Keine Dekorationen. Sicht auf den See und auf den Horizont. Wir heben den Vorhang halb neun genau, wenn der Mond aufgeht.

Sorin Großartig.

Trepljow Wenn sich die Saretschnaja verspätet, ist natürlich der ganze Effekt hin. Zeit, daß sie kommt. Vater und Stiefmutter bewachen sie. Schwer für sie, aus dem Haus zu kommen, ein Gefängnis. *Er ordnet dem Onkel das Halstuch.* Deine Haare und dein Bart sind struppig. Man muß sie scheren, wie.

Sorin *den Bart kämmend:* Die Tragödie meines Lebens. Schon in der Jugend hatte ich ein Aussehn wie ein Trinker, nichts zu machen. Die Frauen haben mich nie geliebt. *Setzt sich.* Warum hat meine Schwester schlechte Laune?

Trepljow Warum? Sie langweilt sich. *Setzt sich neben ihn.* Sie ist eifersüchtig. Sie ist gegen mich und gegen die Aufführung und gegen mein Stück, weil nicht sie spielt, sondern die Soretschnaja. Sie kennt mein Stück nicht, aber sie haßt es schon.

Sorin *lacht:* Das denkst du dir aus, wirklich.

Trepljow Ihr ist schon ärgerlich, daß hier auf dieser kleinen Bühne die Saretschnaja Erfolg haben wird und nicht sie. *Sieht auf die Uhr.* Eine psychologische Kuriosität ist meine Mutter. Unbestreitbar talentiert, klug, fähig, über ein Buch zu weinen, sie sagt dir den ganzen Nekrassow auswendig und sorgt für Kranke wie ein Engel. Aber versuch, die Duse zu loben, vor ihr. Sie allein muß man loben, über sie muß man schreiben und schwatzen, begeistert von ihrem ungewöhnlichen Spiel in der KAMELIENDAME oder im LEBENSRAUSCH, und weil diese Droge ihr fehlt hier im Dorf, langweilt sie sich, ärgert sie sich, und wir alle sind ihre Feinde, alle schuldig. Außerdem ist sie abergläubisch, fürchtet sich vor drei Kerzen und der Zahl dreizehn. Sie ist geizig. Sie hat in Odessa auf der Bank Siebzigtausend, das weiß ich genau. Aber bitte sie, dir etwas zu leihen: sie wird weinen.

SORIN Du hast dir vorgestellt, dein Stück wird deiner Mutter nicht gefallen, und schon regst du dich auf, und das ist es. Beruhige dich, sie betet dich an.

TREPLJOW *zupft von einer Blume die Blütenblätter ab:* Sie liebt mich – liebt mich nicht, liebt mich – liebt mich nicht, liebt mich – liebt mich nicht. *Lacht.* Du siehst, meine Mutter liebt mich nicht. Natürlich: Sie will leben, lieben, helle Blusen tragen, aber ich bin dreiundzwanzig und erinnere sie ständig daran, daß sie nicht mehr jung ist. Wenn ich nicht da bin, ist sie zweiunddreißig, mit mir dreiundvierzig, und dafür haßt sie mich. Sie weiß auch, daß ich das Theater nicht anerkenne. Sie liebt das Theater, glaubt, daß sie der Menschheit dient, der heiligen Kunst, aber für mich ist das Theater von heute Routine und Vorurteil. Wenn sich der Vorhang hebt und bei Abendbeleuchtung in einem Zimmer mit drei Wänden diese großen Talente, die Priester der heiligen Kunst, darstellen, wie die Leute essen, trinken, lieben, gehen, ihre Jacketts tragen, wenn sie sich abmühen, aus abgeschmackten Bildern und leeren Redensarten eine Moral herauszuangeln – eine kleine, leichtfaßliche, häuslich-nützliche Alltagsmoral, wenn mir in tausend Variationen immer ein und dasselbe präsentiert wird, ein und dasselbe, ein und dasselbe – dann lauf ich weg, wie Maupassant vor dem Eiffelturm weglief, der ihm das Gehirn eindrückte mit seiner Banalität.

SORIN Ohne Theater geht es nicht.

TREPLJOW Wir brauchen neue Formen. Neue Formen brauchen wir, und wenn es die nicht gibt, dann brauchen wir überhaupt nichts. *Sieht auf die Uhr.* Ich liebe meine Mutter, ich liebe sie maßlos; aber sie führt ein dummes Leben, ständig umgibt sie sich mit diesem Schriftsteller, ihr Name wird durch die Zeitungen gezerrt – und das ermüdet mich. Manchmal spricht in mir einfach der Egoismus des gewöhnlichen Sterblichen. Dann tut es mir leid, daß ich eine Mutter habe, die eine berühmte Schauspielerin ist, und ich glaube, wäre sie eine gewöhnliche Frau, wäre ich glücklicher. Onkel, kann es eine erbärmlichere und dümmere Situation geben: manchmal sitzen bei ihr zu Gast lauter Berühmtheiten, Künstler und Schriftsteller, und zwischen ihnen nur einer, ich, ein Nichts, und mich duldet man nur, weil ich ihr Sohn bin. Wer bin ich? Was bin ich? Im dritten Jahr habe ich die Universität verlassen, aus, wie man sagt, nichtredaktionellen Gründen. Keine Talente, Geld nicht ein Groschen, dem Ausweis nach ein Kleinbürger aus Kiew. Mein Vater war ein Kleinbürger aus Kiew, wenn auch ein berühmter Schauspieler. Nun, und wenn dann in ihrem Gastzimmer all diese Künstler und Schriftsteller ihre gnädige Aufmerksamkeit auf mich richten, scheint mir, sie messen mit ihren Blicken meine Nichtigkeit – ich errate ihre Gedanken und leide unter der Demütigung.

SORIN Übrigens, was für ein Mensch ist dieser Schriftsteller? Man faßt ihn nicht. Er schweigt immer.

TREPLJOW Er ist ein kluger, einfacher Mensch, weißt du, ein wenig melancholisch. Sehr ehrlich. Noch nicht vierzig, aber schon berühmt und hat es satt bis oben. Was seine Schriften angeht, so, wie soll ich es dir sagen, nett, talentiert, aber nach Tolstoi oder Zola willst du nicht Trigorin lesen.

SORIN Und ich, Bruder, liebe die Literaten. Einst wollte ich mit Leidenschaft zwei Dinge: ich wollte heiraten, und ich wollte Literat sein. Weder das eine noch das andere ist mir gelungen. Ja, auch ein kleiner Literat zu sein, ist angenehm, alles in allem.

TREPLJOW *horcht auf:* Ich höre Schritte. *Umarmt den Onkel.* Ich kann ohne sie nicht leben. Sogar der Laut ihrer Schritte ist schön. Ich bin unsinnig glücklich.
*Geht schnell Nina Saretschnaja entgegen, die kommt.*
Zauberin, mein Traum.

NINA *aufgeregt:* Ich hab mich nicht verspätet. Bitte, ich hab mich nicht verspätet ...

TREPLJOW *küßt ihre Hand:* Nein, nein, nein ...

NINA Den ganzen Tag war ich unruhig, mir war so schwer. Ich hatte Angst, daß der Vater mich nicht fortläßt. Aber er ist weggefahren mit der Stiefmutter. Roter Himmel, der Mond beginnt schon aufzugehen, und ich habe das Pferd angetrieben. *Lacht.* Ich bin froh. *Drückt kräftig Sorins Hand.*

SORIN *lacht:* Die Augen, scheint es, sind verweint. Eh, eh, nicht gut.

NINA Ja. Sehen Sie, wie schwer ich atme. In einer halben Stunde fahre ich. Ich muß mich beeilen. Ich darf nicht, ich darf nicht, um Gottes willen, halten Sie mich nicht zurück. Vater weiß nicht, daß ich hier bin.

TREPLJOW Wirklich, es ist Zeit anzufangen. Jemand muß gehen und alle rufen.

SORIN Ich werde gehen. Diese Minute. *Geht nach rechts und singt:*

Nach Frankreich zogen zwei Grenadier ...

*Sieht sich nach allen Seiten um.* Einmal hab ich das gesungen, genauso, da sagt ein Kamerad Staatsanwalt zu mir: »Euer Exzellenz haben eine kräftige Stimme ...« Dann dachte er nach und setzte hinzu: »Eine widerliche Stimme.« *Lacht und geht.*

NINA Vater und seine Frau lassen mich nicht hierher. Sie

sagen, daß hier eine Bohème ist. Sie fürchten, daß ich Schauspielerin werden könnte. Doch mich zieht es hierher, zum See, wie eine Möwe. Mein Herz gehört ganz und gar Ihnen. *Sieht sich nach allen Seiten um.*

TREPLJOW Wir sind allein.

NINA Es scheint, daß dort jemand.

TREPLJOW Niemand.

*Kuß.*

NINA Was ist das für ein Baum?

TREPLJOW Eine Ulme.

NINA Warum ist er so dunkel?

TREPLJOW Es ist schon Abend, alle Dinge werden dunkel. Fahren Sie nicht so früh weg, ich bitte Sie.

NINA Ich darf nicht.

TREPLJOW Und wenn ich zu Ihnen fahre, Nina? Ich werde die ganze Nacht im Garten stehen und auf Ihr Fenster sehn.

NINA Das ist unmöglich, der Wächter wird Sie bemerken. Tresor ist noch nicht an Sie gewöhnt und wird bellen.

TREPLJOW Ich liebe Sie.

NINA Tss.

TREPLJOW *hört Schritte:* Wer ist da? Sie, Jakow?

JAKOW *hinter der Estrade:* Ja, genau.

TREPLJOW Nehmt eure Plätze ein. Es ist Zeit. Geht der Mond auf?

JAKOW Ja, genau.

TREPLJOW Habt ihr Spiritus? Habt ihr Schwefel? Wenn sich die roten Augen zeigen, muß man Schwefel riechen. *Zu Nina:* Gehen Sie, dort ist alles vorbereitet. Sind Sie aufgeregt?

NINA Ja, sehr. Ihre Mama – nein, vor ihr habe ich keine Angst, aber Trigorin ist bei ihnen. Vor ihm zu spielen ist mir schrecklich und peinlich. Der berühmte Schriftsteller. Ist er jung?

TREPLJOW Ja.

NINA Wie wunderbar sind seine Erzählungen.

TREPLJOW *kalt:* Weiß nicht, hab sie nicht gelesen.

NINA Ihr Stück ist schwer zu spielen. Es hat keine lebendigen Personen.

TREPLJOW Lebendige Personen! Man muß das Leben nicht so darstellen, wie es ist, und nicht so wie es sein soll, sondern so wie es in den Träumen erscheint.

NINA In Ihrem Stück ist wenig Handlung, nur Rezitation. Und in einem Stück muß, meine ich, Liebe vorkommen. *Beide gehen hinter die Estrade. Polina Andrejewna und Dorn kommen.*

POLINA Es wird feucht. Gehen wir zurück, ziehen Sie Galoschen an.

DORN Mir ist heiß.

POLINA Sie sehen sich nicht vor. Das ist Eigensinn. Sie sind Arzt und wissen sehr gut, daß feuchte Luft für Sie schädlich ist, aber Sie wollen, daß ich leide; Sie haben gestern absichtlich den ganzen Abend auf der Terrasse gesessen ...

DORN *singt leise vor sich hin:*

Sag nicht, du hast verschwendet deine Jugend ...

POLINA Sie waren so hingerissen von dem Gespräch mit Irina Nikolajewna. Sie spürten die Kälte nicht. Gestehen Sie, sie gefällt Ihnen.

DORN Ich bin fünfundfünfzig Jahre alt.

POLINA Das macht nichts, für Männer ist das kein Alter. Sie haben sich prächtig gehalten und gefallen den Frauen noch.

DORN Also was wollen Sie denn?

POLINA Einer Schauspielerin zu Füßen zu fallen, dazu seid ihr alle bereit. Alle!

DORN *singt leise vor sich hin:*

Und wieder steh ich vor dir ...

Wenn die Gesellschaft die Künstler liebt und verhält sich zu ihnen anders als zum Beispiel zu den Kaufleuten, so ist das normal. Das ist Idealismus.

POLINA Die Frauen verliebten sich immer in Sie und warfen sich Ihnen an den Hals. Ist das auch Idealismus?

DORN *zuckt mit den Achseln:* Was denn? In den Beziehungen der Frauen zu mir war viel Gutes. In mir liebten sie vor allem den vortrefflichen Arzt: vor zehn, fünfzehn Jahren, erinnern Sie sich, war ich im ganzen Gouvernement der einzige ordentliche Geburtshelfer. Und außerdem war ich immer ein ehrlicher Mensch.

POLINA *ergreift ihn bei der Hand:* Mein Lieber!

DORN Still. Sie kommen.

*Es kommen die Arkadina am Arm von Sorin, Trigorin, Schamrajew, Medwedenko und Mascha.*

SCHAMRAJEW Achtzehnhundertdreiundsiebzig in Poltawa auf der Messe spielte sie erstaunlich. Eine Begeisterung! Wunderbar spielte sie, wissen Sie auch, wo der Komiker Tschadin jetzt engagiert ist, Pawel Semjonowitsch? Als Raspljujew war er unnachahmlich, besser als Sadowski, ich schwör es Ihnen, sehr Verehrte. Wo ist er jetzt?

ARKADINA Sie fragen immer nach irgendwelchen Verschollenen. Woher soll ich das wissen? *Setzt sich.*

SCHAMRAJEW *seufzt:* Paschka Tschadin! Solche gibt es jetzt nicht mehr. Mit der Bühne ist es bergab gegangen, Irina Nikolajewna! Früher gewaltige Eichen, und jetzt sehen wir nur noch Stümpfe.

DORN Glänzende Begabungen gibt es jetzt wenig, das ist wahr. Aber der Durchschnittsschauspieler ist bedeutend besser geworden.

SCHAMRAJEW Ich kann Ihnen nicht zustimmen. Übrigens ist das Geschmackssache. De gustibus aut bene, aut nihil.

*Trepljow kommt hinter der Estrade vor.*

ARKADINA *zum Sohn:* Mein lieber Sohn, wann fängt es an?

TREPLJOW In einer Minute. Ich bitte um Geduld.

ARKADINA *zitiert aus Hamlet:*

O Hamlet, sprich nicht mehr!
Du kehrst in meine Seele meine Augen
Und Flecken seh ich schwarz in ihrer Tiefe
Die nicht von ihrer Färbung lassen wolln.

TREPLJOW *aus Hamlet:*

Warum hast du dem Laster nachgegeben,
Liebe gesucht im Abgrund des Verbrechens?

*Hinter der Estrade wird auf dem Horn geblasen.*

Herrschaften, es fängt an! Ich bitte um Aufmerksamkeit!

*Pause.*

Ich fange an. *Er klopft mit dem Stock und spricht laut:* Oh ihr, ehrwürdige, alte Schatten, die ihr zu nächtlicher Zeit über diesem See dahinschwebt, schläfert uns ein, und im Traum soll uns das erscheinen, was in zweihunderttausend Jahren sein wird!

Sorin In zweihunderttausend Jahren wird nichts sein.

Trepljow Dann möge man uns dieses Nichts darstellen.

Arkadina Möge man. Wir schlafen.

*Der Vorhang hebt sich; es eröffnet sich die Aussicht auf den See; der Mond über dem Horizont, sein Spiegelbild im Wasser; auf einem großen Stein sitzt Nina Saretschnaja, ganz in Weiß.*

Nina Menschen, Löwen, Adler und Rebhühner, gehörnte Hirsche, Gänse, Spinnen, schweigende Fische, im Wasser wohnend, Seesterne und was kein Auge sehen konnte – mit einem Wort, alles Leben, alles Leben, alles Leben, vollendend den traurigen Kreis, erlosch. Tausende von Jahren, seit die Erde nicht ein einziges lebendes Wesen trägt, und dieser arme Mond seine Laterne anzündet für nichts. Auf der Wiese erwachen nicht mehr mit einem Schrei die Kraniche, in den Lindenwäldchen hört man keine Maikäfer mehr. Es ist kalt, kalt, kalt. Leer, leer, leer. Schrecklich, schrecklich, schrecklich. *Pause.* Die Leiber der Geschöpfe vergingen in Staub, und die ewige Materie hat sie in Steine verwandelt, in Wasser, in Wolken, und ihre Seelen verschmolzen zu einer. Die allgemeine Weltseele – das bin ich, ich, in mir ist die Seele Alexanders des Großen, und Cäsars, und Shakespeares, und Napoleons und der letzten Blutegel. In mir vereinigte sich das Bewußtsein der Menschen mit dem Instinkt der Tiere. Ich denke alles, alles, alles, und jedes Leben lebe ich neu in mir selbst.

*Die Sumpflichter erscheinen.*

Arkadina *leise:* Das ist dekadent.

TREPLJOW *flehend und mit Vorwurf:* Mama!

NINA Ich bin allein. Einmal in hundert Jahren öffne ich den Mund, und meine Stimme tönt verzweifelt in der Leere, und niemand hört sie. Auch ihr, bleiche Flammen, hört mich nicht. Gegen Morgen gebiert euch der faule Sumpf, bis zum Morgenrot irrt ihr herum, ohne Gedanken, ohne Willen, ohne das Leben des Lebens. Fürchtend, daß in euch Leben entsteht, bewirkt der Vater der ewigen Materie, der Teufel, jeden Augenblick in euch, wie in den Steinen und im Wasser, den Wechsel der Atome, und ununterbrochen verändert ihr euch. Im Weltall bleibt beständig und unveränderlich nur ein Geist. *Pause.* Wie ein Gefangener, der in einen leeren, tiefen Brunnen geworfen ist, weiß ich nicht, wo ich bin und was meiner wartet. Eins nur ist mir nicht verborgen, daß im beharrlichen, grausamen Kampf mit dem Teufel, dem Grund der materiellen Kräfte, der Sieg mein Schicksal ist, worauf Materie und Geist in schöner Harmonie verschmelzen und das Reich des Weltwillens anbricht. Aber das wird erst sein, wenn nach einer langen, langen Reihe von Jahrtausenden auch der Mond, der helle Sirius und die Erde sich in Staub verwandeln. Bis dahin: Grauen, Grauen. *Pause; über dem Hintergrund des Sees zeigen sich zwei rote Punkte.* Sieh da, es nähert sich mein gewaltiger Gegner, der Teufel. Ich sehe seine furchtbaren, purpurnen Augen ...

ARKADINA Es riecht nach Schwefel. Muß das sein?

TREPLJOW Ja.

ARKADINA *lacht:* Ja, das ist ein Effekt.

TREPLJOW Mama!

NINA Er langweilt sich ohne den Menschen ...

POLINA *zu Dorn:* Sie haben den Hut abgenommen. Setzen Sie ihn auf, sonst erkälten Sie sich.

ARKADINA Der Doktor zieht den Hut vor dem Teufel, dem Vater der ewigen Materie.

TREPLJOW *aufbrausend, laut:* Das Stück ist zu Ende! Schluß! Vorhang!

ARKADINA Was ärgerst du dich?

TREPLJOW Schluß! Vorhang! Den Vorhang herunter! *Mit dem Fuß aufstampfend.* Vorhang! *Vorhang.* Verzeihung! Ich vergaß, daß Stücke zu schreiben und auf der Bühne zu spielen nur wenigen Auserwählten erlaubt ist. Ich habe das Monopol verletzt! Mir, ich. *Will noch etwas sagen, schwenkt die Hand und geht nach links weg.*

ARKADINA Was ist mit ihm?

SORIN Irina, so kann man nicht umgehn mit dem jungen Ehrgeiz.

ARKADINA Was habe ich ihm denn gesagt?

SORIN Du hast ihn beleidigt.

ARKADINA Er selbst hat es als einen Spaß angekündigt, und ich habe mich zu seinem Stück verhalten wie zu einem Spaß.

SORIN Trotzdem.

ARKADINA Jetzt erweist sich, daß er ein großes Werk geschrieben hat! Sagen Sie! Folglich hat er diese Aufführung veranstaltet und uns mit Schwefel parfümiert nicht zum Spaß, sondern als eine Demonstration. Er wollte uns belehren, wie man schreiben muß und was man spielen muß. Auf die Dauer wird das langweilig. Diese ewigen Ausfälle und Nadelstiche gegen mich sind allen lästig. Ein launischer und eitler junger Mensch.

SORIN Er wollte dir ein Vergnügen schaffen.

ARKADINA Ja? Und dazu wählt er nicht irgendein gewöhnliches Stück, sondern zwingt uns, diesen dekadenten Fieberwahn zu hören. Zum Spaß bin ich bereit, auch einem Fieberwahn zuzuhören, aber dieser Anspruch auf neue Formen, auf eine neue Ära in der Kunst. Für mich ist das keine neue Form, sondern einfach schlechter Charakter.

TRIGORIN Jeder schreibt so, wie er will und wie er kann.

ARKADINA Soll er schreiben, wie er will und wie er kann, nur mich soll er in Ruhe lassen.

DORN Jupiter, du zürnst.

ARKADINA Ich bin nicht Jupiter. Ich bin eine Frau. Ich

»zürne« nicht, mich ärgert nur, daß ein junger Mensch so langweilig die Zeit verbringt. Ich wollte ihn nicht kränken.

MEDWEDENKO Niemand hat das Recht, den Geist von der Materie zu trennen, da vielleicht gerade der Geist die Gesamtheit der materiellen Atome ist. *Lebhaft zu Trigorin:* Aber, wissen Sie, man müßte mal in einem Stück beschreiben und auf der Bühne spielen, wie unsereiner lebt – der Lehrer. Schwer, schwer lebt man!

ARKADINA Das ist wahr, aber wir wollen weder über Stücke noch über Atome sprechen. So ein feiner Abend. Hören Sie, Herrschaften, man singt. *Sie lauscht.* Wie schön!

POLINA Das ist an jenem Ufer. *Pause.*

ARKADINA *zu Trigorin:* Setzen Sie sich neben mich. Vor zehn, fünfzehn Jahren ertönten Musik und Gesang hier am See ununterbrochen fast jede Nacht. Hier am Ufer sind sechs Landgüter. Ich erinnere mich: Lachen, Lärm, Schießen und immer Romane, Romane. Erster Liebhaber und der Abgott aller sechs Güter war damals, meine Empfehlung, *nickt Dorn zu,* Doktor Jewgenij Sergejewitsch. Auch jetzt ist er bezaubernd, aber damals war er unwiderstehlich. Aber mich beginnt das Gewissen zu quälen. Wozu habe ich meinen armen Jungen gekränkt? Ich bin unruhig. *Laut:* Kostja! Sohn! Kostja!

MASCHA Ich werde ihn suchen gehen.

ARKADINA Bitte, meine Liebe.

MASCHA *geht nach links:* Hallo! Konstantin Gawrilowitsch! Hallo! *Geht ab.*

NINA *aus der Estrade herauskommend:* Offensichtlich folgt keine Fortsetzung, ich kann herauskommen. Guten Tag! *Wechselt Küsse mit der Arkadina und Polina Andrejewna.*

SORIN Bravo! Bravo!

ARKADINA Bravo! Bravo! Wir haben Sie bewundert. Eine Sünde, im Dorf zu sitzen mit einem solchen Aussehn, mit solch einer wundervollen Stimme. Bestimmt haben

Sie Talent. Hören Sie? Sie sind verpflichtet, zur Bühne zu gehen!

NINA Oh, das ist mein Traum. *Sie seufzt.* Aber er wird sich nie erfüllen.

ARKADINA Wer weiß? Doch erlauben Sie, Ihnen vorzustellen: Trigorin, Boris Alexejewitsch.

NINA Ach, ich freue mich so. *Verlegen:* Ich lese Sie immer.

ARKADINA *ihr den Platz neben sich anweisend:* Seien Sie nicht verlegen, Liebe. Er ist eine Berühmtheit, aber er hat ein einfaches Gemüt. Sehen Sie, er ist selbst verlegen.

DORN Ich meine, man kann jetzt den Vorhang heben, sonst wird es unheimlich.

SCHAMRAJEW *laut:* Jakow, mein Lieber, zieh den Vorhang hoch! *Der Vorhang hebt sich.*

NINA *zu Trigorin:* Nicht wahr, ein seltsames Stück?

TRIGORIN Ich habe nichts verstanden. Übrigens, zugesehen habe ich mit Vergnügen. Sie haben so aufrichtig gespielt. Und die Dekoration war vortrefflich. *Pause.* In diesem See müssen viel Fische sein.

NINA Ja.

TRIGORIN Ich angle gern. Für mich gibt es keinen größeren Genuß, als gegen Abend am Ufer zu sitzen und auf den Schwimmer zu sehen.

NINA Aber, ich glaube, wer den Genuß des Schaffens erfahren hat, für den gibt es keine anderen Genüsse mehr.

ARKADINA *lachend:* Sprechen Sie nicht so. Wenn man ihm gute Worte sagt, versinkt er im Erdboden.

SCHAMRAJEW Ich erinnere mich, in Moskau im Operntheater, sang einmal der berühmte Silva das tiefe C. Aber zu der Zeit saß auf der Galerie ausgerechnet der Baß unseres Kirchenchors, und plötzlich, können Sie sich unser grenzenloses Erstaunen vorstellen, hören wir von der Galerie: »Bravo, Silva!« – eine ganze Oktave tiefer. Ungefähr so, *mit tiefem Baß,* »Bravo, Silva.« Das Theater war erstarrt. *Pause.*

DORN Ein stiller Engel flog vorbei.

NINA Und für mich ist es Zeit. Leben Sie wohl!

ARKADINA Wohin? Wohin so früh? Wir lassen Sie nicht fort.

NINA Mein Papa wartet auf mich.

ARKADINA Was ist er für ein Mensch, wirklich. *Sie küssen sich.* Nun, was machen. Schade, schade, Sie fortzulassen.

NINA Wenn Sie wüßten, wie schwer es mir wird, wegzufahren!

ARKADINA Soll jemand Sie begleiten, mein Kleines.

NINA *erschreckend:* Oh, nein, nein!

SORIN *sie anflehend:* Bleiben Sie!

NINA Ich kann nicht, Pjotr Nikolajewitsch.

SORIN Bleiben Sie noch eine Stunde. Nun, was, wirklich.

NINA *überlegend, durch Tränen:* Unmöglich. *Drückt ihm die Hand und geht schnell weg.*

ARKADINA Eigentlich ein unglückliches Mädchen. Man sagt, ihre verstorbene Mutter vererbte dem Mann ihr riesiges Vermögen, alles bis zur Kopeke, und jetzt hat dieses Kind das Nachsehen, da der Vater schon alles seiner zweiten Frau vermacht hat. Das ist empörend.

DORN Ja, ihr Papachen ist ein Vieh. Das muß man schon sagen, wenn man ihm ganz gerecht werden will.

SORIN *sich die frierenden Hände reibend:* Gehen wir, Herrschaften, es wird feucht. Meine Beine schmerzen.

ARKADINA Deine Beine, sie sind wie aus Holz, gehen kaum noch. Nun, gehen wir, unglücklicher Greis. *Faßt ihn unter den Arm.*

SCHAMRAJEW *reicht seiner Frau den Arm:* Madame?

SORIN Ich höre – wieder heult der Hund. *Zu Schamrajew:* Seien Sie so gut, Ilja Afanasjewitsch, befehlen Sie, ihn loszubinden.

SCHAMRAJEW Unmöglich, Pjotr Nikolajewitsch. Diebe könnten in den Getreidespeicher eindringen. Ich habe Hirse dort. *Neben Medwedenko gehend:* Ja, eine ganze Oktave tiefer, »Bravo, Silva!«. Und kein Sänger, ein einfacher Kirchenbaß.

MEDWEDENKO Und wieviel Gehalt bekommt ein Kirchenbaß?

*Alle gehen ab, außer Dorn.*

DORN *allein:* Ich weiß nicht, vielleicht verstehe ich nichts oder bin verrückt geworden, aber das Stück hat mir gefallen. Darin ist etwas. Als dieses Mädchen über die Einsamkeit sprach und dann, als die roten Augen des Teufels sich zeigten, zitterten mir vor Erregung die Hände. Neu, naiv. Sieh da, es scheint, er kommt. Ich will ihm etwas Angenehmes sagen.

TREPLJOW *tritt auf:* Niemand mehr da.

DORN Ich bin hier.

TREPLJOW Mascha sucht mich im ganzen Park. Ein unerträgliches Geschöpf.

DORN Konstantin Gawrilowitsch, mir hat Ihr Stück außerordentlich gefallen. Es ist irgendwie sonderbar, und ich habe den Schluß nicht gehört, und doch war der Eindruck sehr stark. Sie sind ein talentierter Mensch, Sie müssen weitermachen.

*Trepljow drückt ihm fest die Hand und umarmt ihn stürmisch.*

Pfui, wie nervös. Tränen in den Augen. Was soll ich sagen? Sie nahmen das Sujet aus dem Bereich der abstrakten Ideen. Das muß man auch, weil das Kunstwerk unbedingt irgendeinen großen Gedanken ausdrücken muß. Nur das Ernste ist schön. Wie bleich Sie sind.

TREPLJOW Sie sagen, ich soll weitermachen?

DORN Ja. Aber stellen Sie nur Wichtiges und Ewiges dar. Sie wissen, ich habe mein Leben ausgiebig und mit Stil gelebt, ich bin zufrieden, aber wenn ich den Aufschwung des Geistes empfunden hätte, der den Künstler beim Schaffen ergreift, dann, scheint mir, hätte ich meine materielle Hülle und alles, was dieser Hülle anhängt, verachtet und mich von der Erde weg etwas weiter in die Höhe aufgeschwungen.

TREPLJOW Entschuldigung, wo ist die Saretschnaja?

DORN Und noch was. Im Werk muß eine klare, bestimmte Idee sein. Sie müssen wissen, wozu Sie schreiben, sonst, wenn Sie ohne ein bestimmtes Ziel auf diesem malerischen Weg gehen, verirren Sie sich, und Ihr Talent wird Sie zugrunde richten.

TREPLJOW *ungeduldig:* Wo ist die Saretschnaja?

DORN Sie ist nach Hause gefahren.

TREPLJOW *in Verzweiflung:* Was soll ich machen? Ich will sie sehen. Ich muß sie unbedingt sehen. Ich fahre los.

*Mascha tritt auf.*

DORN *zu Trepljow:* Beruhigen Sie sich, mein Freund.

TREPLJOW Dennoch, ich fahre. Ich muß fahren.

MASCHA Gehen Sie ins Haus, Konstantin Gawrilowitsch. Ihre Mutter wartet auf Sie. Sie ist unruhig.

TREPLJOW Sagen Sie ihr, daß ich weggefahren bin. Und ich bitte Sie alle, lassen Sie mich in Ruhe. Lassen Sie mich! Gehen Sie mir nicht nach!

DORN Aber, aber, aber, mein Lieber. Unmöglich so. Das ist nicht schön.

TREPLJOW *durch Tränen:* Verzeihen Sie, Doktor. Ich danke Ihnen. *Geht ab.*

DORN *seufzend:* Die Jugend, die Jugend.

MASCHA Wenn nichts mehr zu sagen ist, dann sagt man: die Jugend, die Jugend. *Schnupft Tabak.*

DORN *nimmt ihre Tabakdose und wirft sie ins Gebüsch:* Das ist abscheulich! *Pause.* Zu Hause, scheint mir, wird gespielt. Wir müssen gehen.

MASCHA Warten Sie.

DORN Was?

MASCHA Ich möchte Ihnen noch etwas sagen. Ich möchte sprechen. *Sich aufregend:* Ich liebe meinen Vater nicht, aber zu Ihnen habe ich Vertrauen. Aus irgendeinem Grund habe ich im Herzen das Gefühl, daß Sie mir nahe sind. Helfen Sie mir, sonst mache ich eine Dummheit. Ich lache mich tot über mein Leben, verderbe es. Ich kann nicht mehr.

DORN Was? Wie kann man helfen?

MASCHA Ich leide. Niemand, niemand kennt meine Leiden! *Legt ihren Kopf an seine Brust, leise:* Ich liebe Konstantin.

Dorn Wie nervös alle sind! Wie nervös alle sind! Und wieviel Liebe. Oh, der verhexte See! *Zärtlich:* Aber was kann ich machen, mein Kindchen? Was? Was?

# II

*Kricketplatz. Im Hintergrund rechts ein Haus mit großer Terrasse, links ist der See zu sehen, in dem die reflektierte Sonne funkelt. Blumenbeete. Mittag. Heiß. An einer Seite des Platzes, im Schatten einer alten Linde, sitzen auf einer Bank Arkadina, Dorn und Mascha. Dorn hat ein aufgeschlagenes Buch auf den Knien.*

ARKADINA *zu Mascha:* Stehen wir auf!
*Beide stehen auf.*
Stellen Sie sich neben mich. Sie sind Zweiundzwanzig, ich beinahe doppelt so alt. Jewgenij Sergejitsch, wer sieht jünger aus?

DORN Sie natürlich.

ARKADINA Bitte. Und warum? Weil ich arbeite, fühle, in Bewegung bin, aber Sie sitzen immer auf einem Platz, Sie leben nicht. Und ich habe ein Prinzip: nicht in die Zukunft sehen. Ich denke niemals an das Alter oder an den Tod. Was sein wird, dem entgeht man nicht.

MASCHA Und ich habe ein Gefühl, als ob ich schon vor langer langer Zeit geboren wäre. Mein Leben ziehe ich hinter mir her wie eine endlose Schleppe. Und oft habe ich nicht die geringste Lust zu leben. *Setzt sich.* Natürlich ist das alles Unsinn. Man muß Mut fassen, all das abschütteln.

DORN *singt leise vor sich hin:*
Erzählt ihr, meine Blumen ...

ARKADINA Außerdem bin ich korrekt, wie ein Engländer. Ich, Liebes, lebe nach der Schnur, wie man sagt, und immer comme il faut gekleidet und frisiert. Erlaube ich mir, aus dem Haus zu gehen, wenn auch nur in den Garten, in einer Bluse oder unfrisiert? Niemals. Ich habe mich gehalten, weil ich nie eine Schlampe war, mich nicht habe gehen lassen, wie einige. *Stemmt die Arme in die Seiten und geht den Platz entlang auf und ab.* Sehen Sie: wie ein Hühnchen. Ich könnte ein fünfzehnjähriges Mädchen spielen.

DORN Nun, ungeachtet dessen. *Nimmt das Buch.* Wir waren beim Mehlhändler und den Ratten.

ARKADINA Und den Ratten. Lesen Sie. *Setzt sich.* Oder geben Sie her, ich werde lesen. Ich bin an der Reihe. *Nimmt das Buch und sucht mit den Augen.* Und den Ratten. Da ist es. *Liest:* »Schriftsteller zu verwöhnen und im Haus zu halten, ist für die vornehmen Leute natürlich genauso gefährlich wie für den Mehlhändler, Ratten in seinen Lagerräumen aufzuziehen. Aber man liebt sie. Und wenn eine Frau einen Schriftsteller erwählt hat und erobern will, belagert sie ihn mit Komplimenten, Liebenswürdigkeit, Gefälligkeiten...« Nun, das mag bei den Franzosen so sein, bei uns gibt es nichts von der Art, kein Programm. Bei uns ist gewöhnlich die Frau selbst bis über die Ohren verliebt, bevor sie einen Schriftsteller erobert. Bitte sehr: man muß nicht weit gehen, nehmen Sie mich und Trigorin.

*Sorin kommt, auf einen Stock gestützt, an seiner Seite Nina; Medwedenko schiebt einen leeren Rollstuhl hinter ihnen her.*

SORIN *in einem Ton, in dem man Kinder tröstet:* Ja? Haben wir Freude? Sind wir heute lustig, alles in allem? *Zur Schwester:* Wir haben Freude! Der Vater und die Stiefmutter sind nach Twer gefahren, und wir sind frei für volle drei Tage.

NINA *setzt sich neben Arkadina und umarmt sie:* Ich bin glücklich! Ich gehöre jetzt Ihnen.

SORIN *setzt sich in seinen Rollstuhl:* Sie ist heute schön.

ARKADINA Elegant, interessant. Dafür haben Sie Talent. *Küßt Nina.* Aber man darf nicht zu sehr loben, sonst ruft man das Unglück herbei. Wo ist Boris Alexejewitsch?

NINA Er angelt am Badehaus.

ARKADINA Daß ihn das nicht langweilt. *Will weiterlesen.*

NINA Was haben Sie da?

ARKADINA Maupassant AUF DEM WASSER, Schätzchen. *Liest einige Zeilen für sich.* Nun, jetzt wird es uninteressant und unwahr. *Schließt das Buch.* Ich bin unruhig.

Sagen Sie, was ist mit meinem Sohn? Warum ist er so traurig und kalt? Er verbringt ganze Tage am See, und ich sehe ihn fast überhaupt nicht mehr.

MASCHA Ihm ist nicht gut. *Zu Nina, schüchtern:* Ich bitte Sie, tragen Sie etwas aus seinem Stück vor!

NINA *achselzuckend:* Wollen Sie? Das ist so uninteressant!

MASCHA *ihre Begeisterung verbergend:* Wenn er selbst etwas vorträgt, dann glühen seine Augen und das Gesicht wird bleich. Er hat eine herrliche, traurige Stimme; und Manieren wie ein Dichter.

*Es ist zu hören, wie Sorin schnarcht.*

DORN Gute Nacht!

ARKADINA Petruscha!

SORIN Ah?

ARKADINA Schläfst du?

SORIN Nicht im geringsten.

*Pause.*

ARKADINA Du läßt dich nicht ärztlich behandeln, und das ist nicht gut, Bruder.

SORIN Ich würde mich gern behandeln lassen, aber unser Doktor da will nicht.

DORN Sich behandeln lassen, mit sechzig Jahren!

SORIN Auch mit sechzig Jahren möchte man leben.

DORN *ärgerlich:* E! Nun! Nehmen Sie Baldriantropfen.

ARKADINA Mir scheint, es wäre gut für ihn, irgendwohin in ein Bad zu fahren.

DORN Na was? Man kann fahren. Man kann auch nicht fahren.

ARKADINA Das soll man verstehen.

DORN Da ist nichts zu verstehen. Es ist alles klar.

*Pause.*

MEDWEDENKO Pjotr Nikolajewitsch sollte vielleicht aufhören zu rauchen.

SORIN Unsinn!

DORN Nein, kein Unsinn. Wein und Tabak rauben die Individualität. Nach einer Zigarre oder einem Glas Wodka sind Sie schon nicht mehr Pjotr Nikolajewitsch, sondern Pjotr Nikolajewitsch plus noch etwas; Ihr Ich dehnt sich aus, und Sie verhalten sich zu sich selbst wie zu einer dritten Person – er.

SORIN *lacht:* Sie haben gut reden. Sie haben Ihr Leben genossen, aber ich? Ich habe achtundzwanzig Jahre beim Gericht gedient, aber gelebt habe ich noch nicht, ich habe nichts erlebt, alles in allem. Sie sind satt und gleichgültig, deshalb haben Sie die Neigung zur Philosophie, aber ich will leben, und deshalb trinke ich zu Mittag Xeres und rauche Zigarren, und leben möchte ich, versteht sich, und alles.

DORN Man muß das Leben ernst nehmen, aber mit sechzig sich behandeln lassen, bedauern, daß man in der Jugend zu wenig genossen hat, das ist, entschuldigen Sie, Leichtsinn.

MASCHA *steht auf:* Zeit zum Frühstück. *Sie geht träge und schlaff.* Mir ist das Bein eingeschlafen. *Geht weg.*

DORN Sie geht und wird sich vor dem Frühstück zwei Gläschen Schnaps genehmigen.

SORIN Glück hat sie nicht, die Arme.

DORN Das ist unwichtig, Euer Exzellenz!

SORIN Sie urteilen wie ein satter Mensch.

ARKADINA Ach, was kann langweiliger sein als dieser liebe ländliche Trübsinn! Es ist heiß, still, niemand tut etwas, alle philosophieren. Es ist gut mit Ihnen, Freunde, es ist angenehm, Ihnen zuzuhören, aber im eignen Zimmer sitzen und eine Rolle studieren ist wieviel besser!

NINA *begeistert:* Gut! Ich verstehe Sie!

SORIN Natürlich ist es in der Stadt besser. Du sitzt in deinem Kabinett, der Diener läßt ohne Anmeldung niemanden hinein, Telefon, auf der Straße gibt es Kutscher und alles.

DORN *singt leise vor sich hin:*

Erzählt ihr, meine Blumen ...

*Schamrajew kommt, hinter ihm Polina Andrejewna.*

SCHAMRAJEW Da sind sie. Guten Tag! *Er küßt Arkadina, dann Nina die Hand.* Ich bin sehr froh, Sie bei guter Gesundheit zu sehen. *Zu Arkadina:* Meine Frau sagt,

Sie haben die Absicht, heute mit ihr zusammen in die Stadt zu fahren. Ist das wahr?

ARKADINA Ja, wir haben die Absicht.

SCHAMRAJEW Hm. Das ist großartig, aber womit wollen Sie denn fahren, sehr Verehrte? Heute bringt man bei uns den Roggen ein, alle Arbeiter sind beschäftigt. Und mit welchen Pferden, gestatten Sie die Frage?

ARKADINA Mit welchen? Woher soll ich das wissen? Mit welchen!

SORIN Aber Sie haben doch Pferde zur Ausfahrt.

SCHAMRAJEW *erregt:* Zur Ausfahrt? Und woher nehme ich das Kummet? Woher nehme ich das Kummet? Das ist wunderbar! Das ist unbegreiflich! Hochverehrte! Entschuldigen Sie, ich stehe voller Ehrfurcht vor Ihrem Talent, bereit, für Sie zehn Jahre meines Lebens herzugeben, aber Pferde kann ich Ihnen nicht geben!

ARKADINA Und wenn ich fahren muß? Sonderbarer Mensch!

SCHAMRAJEW Sehr Verehrte! Sie wissen nicht, was eine Wirtschaft bedeutet!

ARKADINA *aufbrausend:* Das ist die alte Geschichte! In diesem Fall fahre ich heute noch nach Moskau. Befehlen Sie, im Dorf für mich Pferde zu mieten, sonst gehe ich zu Fuß zur Station.

SCHAMRAJEW *aufbrausend:* In diesem Fall lege ich mein Amt nieder. Suchen Sie sich einen anderen Verwalter. *Ab.*

ARKADINA Jeden Sommer ist das so, jeden Sommer beleidigt man mich hier. Mein Fuß wird hier nicht mehr sein!

*Geht nach links, wo man das Badehaus annimmt, nach einer Minute ist zu sehen, wie sie ins Haus geht; hinterher geht Trigorin mit Angeln und einem Eimer.*

SORIN *aufgebracht:* Das ist eine Frechheit! Das ist, der Teufel weiß, was das ist! Das ist mir zuviel, alles in allem. Jetzt werden alle Pferde hier vorgeführt!

NINA *zu Polina Andrejewna:* Irina Nikolajewna, der berühmten Künstlerin, etwas abzuschlagen! Ist denn nicht jeder Wunsch, selbst eine Laune, wichtiger als Ihre Wirtschaft? Einfach unglaublich!

POLINA *in Verzweiflung:* Was kann ich tun? Versetzen Sie sich in meine Lage: was kann ich tun?

SORIN *zu Nina:* Kommen Sie zu meiner Schwester. Wir alle wollen sie anflehen, daß sie nicht wegfährt. Nicht wahr? *In die Richtung schauend, in die Schamrajew gegangen ist.* Unerträglicher Mensch! Despot!

NINA *hindert ihn, aufzustehen:* Bleiben Sie sitzen, bleiben Sie sitzen. Wir werden Sie hinbringen. *Sie und Medwedenko schieben den Rollstuhl.* O, wie ist das furchtbar!

SORIN Ja, ja, das ist furchtbar. Aber er wird nicht weggehen, ich spreche gleich mit ihm.

*Sie gehen ab; es bleiben nur Dorn und Polina.*

DORN Die Leute sind langweilig. Eigentlich sollte man Ihren Mann einfach davonjagen, aber alles wird damit enden, daß dieses alte Weib, Pjotr Nikolajewitsch und seine Schwester ihn um Entschuldigung bitten. Sie werden sehen!

POLINA Er hat auch die Ausfahrtpferde auf das Feld geschickt. Und jeden Tag diese Streitigkeiten. Wenn Sie wüßten, wie mich das aufregt! Ich werde krank; sehen Sie, ich zittre. Ich ertrage seine Grobheiten nicht. *Flehend:* Jewgenij, Lieber, Teuerster, nehmen Sie mich zu sich. Unsre Zeit vergeht, wir sind schon nicht mehr jung, lassen Sie uns wenigstens am Ende des Lebens nicht unsre Gefühle verbergen, nicht lügen ...

*Pause.*

DORN Ich bin fünfundfünfzig, es ist schon spät, sein Leben zu verändern.

POLINA Ich weiß, Sie weisen mich ab, weil es außer mir Frauen gibt, die Ihnen nah sind. Alle zu sich nehmen ist unmöglich. Ich verstehe. Verzeihen Sie, ich bin Ihnen lästig geworden.

*Nina zeigt sich in der Nähe des Hauses; sie pflückt Blumen.*

DORN Nein, macht nichts.

POLINA Ich leide unter Eifersucht. Natürlich, Sie sind

Arzt, Sie können den Frauen nicht aus dem Weg gehen. Ich verstehe.

DORN *zu Nina, die herankommt:* Wie ist es dort?

NINA Irina Nikolajewna weint, und Pjotr Nikolajewitsch hat Asthma.

DORN *steht auf:* Ich gehe und gebe beiden Baldrian.

NINA *gibt ihm die Blumen:* Gestatten Sie!

DORN Merci bien! *Geht zum Haus.*

POLINA *mit ihm gehend:* Was für hübsche Blumen! *In der Nähe des Hauses, mit dumpfer Stimme:* Geben Sie mir diese Blumen! Geben Sie mir diese Blumen. *Bekommt die Blumen, zerreißt sie und wirft sie zur Seite. Beide gehen ins Haus.*

NINA *allein:* Wie seltsam, die berühmte Künstlerin weinen zu sehen und aus so nichtigem Anlaß! Und ist es nicht seltsam, der berühmte Schriftsteller, der Liebling des Publikums, über den man in allen Zeitungen schreibt, dessen Bild verkauft wird, den man in Fremdsprachen übersetzt – er angelt den ganzen Tag und freut sich, daß er zwei Döbel gefangen hat. Ich dachte, daß berühmte Leute stolz sind, unnahbar, daß sie die Menge verachten, als ob sie sich mit ihrem Ruhm, mit dem Glanz ihres Namens dafür rächen wollen, daß Herkunft und Reichtum über allem steht. Und sie weinen, fangen Fische, spielen Karten, lachen und ärgern sich, wie alle.

TREPLJOW *kommt ohne Hut, mit einem Gewehr und einer toten Möwe:* Sind Sie allein?

NINA Allein.

TREPLJOW *legt ihr die Möwe vor die Füße:* Ich hatte die Gemeinheit, heute diese Möwe zu töten. Ich lege sie Ihnen zu Füßen.

NINA Was ist mit Ihnen? *Sie hebt die Möwe auf und sieht sie an.*

TREPLJOW *nach einer Pause:* Bald werde ich mich selbst auf die gleiche Weise töten.

NINA Ich erkenne Sie nicht wieder.

TREPLJOW Ja, seit ich Sie nicht mehr wiedererkenne. Sie

sind anders zu mir, Ihr Blick ist kalt, meine Anwesenheit fällt Ihnen zur Last.

NINA In der letzten Zeit sind Sie reizbar geworden, Sie drücken sich immer unverständlich aus, in irgendwelchen Symbolen. Und diese Möwe da ist offensichtlich auch ein Symbol, aber verzeihen Sie, ich verstehe es nicht. *Legt die Möwe auf die Bank.* Ich bin zu einfach, um Sie zu verstehen.

TREPLJOW Das begann an dem Abend, als mein Stück so dumm durchfiel. Die Frauen verzeihen einen Mißerfolg nicht. Ich habe alles verbrannt, alles bis auf den letzten Fetzen. Wenn Sie wüßten, wie unglücklich ich bin! Ihr Erkalten ist furchtbar, unglaublich. Als ob ich erwachte und sehe, daß plötzlich der See ausgetrocknet oder in die Erde versickert ist. Sie sagten eben, daß Sie zu einfach seien, um mich zu verstehen. Was gibt es hier zu verstehen?! Das Stück hat nicht gefallen. Sie verachten meine Inspiration. Sie zählen mich schon zu den Mittelmäßigen, nicht beachtenswerten, wie es viele gibt... *Stampft mit dem Fuß auf.* Wie gut ich das verstehe, wie ich das verstehe! Es ist, als hätte ich einen Nagel im Hirn, sei er verflucht zusammen mit meinem Ehrgeiz, der mein Blut saugt, saugt, wie eine Schlange. *Sieht Trigorin, der, ein Buch lesend, kommt.* Da kommt das wahre Talent; er schreitet wie Hamlet, und auch mit einem Büchlein. *Neckend:* »Worte, Worte...« Diese Sonne ist noch nicht zu Ihnen gekommen, aber Sie lächeln schon, Ihr Blick schmilzt unter ihren Strahlen. Ich werde Sie nicht stören. *Geht schnell weg.*

TRIGORIN *schreibt in das Büchlein:* Schnupft Tabak und trinkt Wodka... Immer in Schwarz. Der Lehrer liebt sie.

NINA Guten Tag, Boris Alexejewitsch!

TRIGORIN Guten Tag! Die Umstände haben sich unerwartet so gestaltet, daß wir, scheint es, heute abreisen. Wir werden einander ja kaum noch irgendwann einmal wiedersehen. Und das ist schade. Es kommt nicht oft vor, daß ich junge Mädchen treffe, junge und interessante, ich habe schon vergessen, und ich kann mir nicht genau vorstellen, wie man sich mit achtzehn, neunzehn Jahren fühlt, deshalb sind die jungen Mädchen in meinen Novellen und Erzählungen gewöhnlich unecht. Ich würde da sogar für eine Stunde an Ihrer Stelle sein wollen, um zu erfahren, wie Sie denken, und überhaupt, was Sie für ein Mensch sind.

NINA Und ich würde gern an Ihrer Stelle sein.

TRIGORIN Warum?

NINA Um zu erfahren, wie ein berühmter, talentierter Schriftsteller sich fühlt. Wie leben Sie mit Ihrem Ruf? Wie empfinden Sie, daß Sie berühmt sind?

TRIGORIN Wie? Wahrscheinlich überhaupt nicht. Darüber habe ich nie nachgedacht. *Denkt nach.* Eins von beiden: entweder Sie übertreiben meine Berühmtheit, oder man empfindet überhaupt nichts dabei.

NINA Aber wenn Sie in den Zeitungen über sich selbst lesen.

TRIGORIN Wenn sie loben, ist es angenehm, und wenn sie einen heruntermachen, hat man zwei Tage schlechte Laune.

NINA Seltsame Welt! Wie ich Sie beneide. Wenn Sie wüßten! Das Los der Menschen ist verschieden. Die einen ertragen kaum ihre langweilige, unansehnliche Existenz, alle einander ähnlich, alle unglücklich; den andern, wie zum Beispiel Ihnen – Sie sind einer von Millionen –, wurde ein interessantes, frohes Leben voller Bedeutung zuteil. Sie sind glücklich.

TRIGORIN Ich? *Achselzuckend:* Hm. Sie reden da von Berühmtheit, von Glück, von irgendeinem frohen, interessanten Leben, aber für mich sind alle diese guten Worte, entschuldigen Sie, so gut wie Marmelade, die ich nie esse. Sie sind sehr jung und sehr gut.

NINA Ihr Leben ist herrlich!

TRIGORIN Was ist denn daran besonders gut? *Sieht auf die Uhr.* Ich muß jetzt gehen und schreiben. Verzeihen Sie, ich habe keine Zeit. *Lacht.* Sie haben, wie man sagt, meinen wunden Punkt berührt, und da fange ich an, mich aufzuregen und mich ein wenig zu ärgern.

Übrigens, lassen Sie uns reden. Reden wir über mein herrliches, frohes Leben. Also, womit fangen wir an? *Denkt ein wenig nach.* Es gibt zwanghafte Vorstellungen. Wenn ein Mensch Tag und Nacht zum Beispiel immer an den Mond denkt, auch ich habe solch einen Mond. Tag und Nacht überwältigt mich ein aufdringlicher Gedanke: ich muß schreiben, ich muß schreiben, ich muß. Kaum habe ich eine Novelle beendet, da muß ich schon aus irgendeinem Grund eine andere schreiben, dann die dritte, nach der dritten die vierte. Ich schreibe ununterbrochen, wie auf Postpferden, von Station zu Station, und ich kann nicht anders. Was ist da herrlich und froh, ich frage Sie? Was für ein wüstes Leben! Da bin ich mit Ihnen, ich rege mich auf, und währenddessen erinnere ich mich jeden Augenblick, daß eine unbeendete Novelle auf mich wartet. Ich sehe da eine Wolke, die einem Klavier ähnlich ist. Ich denke: ich werde irgendwo in einer Erzählung erwähnen müssen, daß eine Wolke dahintrieb, die einem Klavier ähnlich sah. Es riecht nach Heliotrop. Gleich merke ich mir: süßlicher Geruch, Witwenfarbe, erwähnen bei der Beschreibung eines Sommerabends. Ich belaure mich und Sie bei jedem Satz, bei jedem Wort, und ich beeile mich, schnell alle diese Sätze und Wörter in meine literarische Vorratskammer einzusperren, vielleicht taugen sie mal! Wenn ich eine Arbeit beende, gehe ich ins Theater oder fange Fische; um mich zu erholen und zu vergessen, doch nein, schon wälzt sich im Kopf eine schwere gußeiserne Kugel hin und her – ein neues Sujet – und zieht mich an den Tisch, und ich muß wieder schreiben, schreiben. Und so ist es immer, immer, und ich habe keine Ruhe vor mir selbst, und ich fühle, daß ich mein eigenes Leben aufzehre, daß für den Honig, den ich irgendwem im Raum abgebe, ich den Staub von meinen besten Blüten raffe, ich reiße die besten Blüten ab und zerstampfe ihre Wurzeln. Bin ich denn nicht wahnsinnig? Benehmen sich denn die mir Nahestehenden und Bekannten zu mir wie zu einem Gesunden? »Was schreiben Sie? Womit beschenken Sie uns?« Immer dasselbe, immer dasselbe, und mir scheint, daß diese Aufmerksamkeit, die Lobreden, das Entzücken ein Betrug sind, man betrügt mich, wie einen Kranken, und manchmal fürchte ich, daß man sich jeden Augenblick von hinten an mich heranschleicht, mich packt und wie Popristschin ins Irrenhaus bringt. Und in den Jahren, in den jungen, besten Jahren, als ich anfing, war meine Schriftstellerei eine einzige ununterbrochene Qual. Ein kleiner Schriftsteller, besonders wenn er kein Glück hat, kommt sich plump, linkisch, überflüssig vor, seine Nerven sind gespannt, ruiniert; immer schleicht er bei Leuten herum, die zur Literatur und zur Kunst Beziehung haben, nicht anerkannt, von niemandem bemerkt, er hat Angst, einem offen und kühn in die Augen zu sehen, genau wie ein leidenschaftlicher Spieler, der kein Geld hat. Ich habe meinen Leser nicht gesehen, aber aus irgendeinem Grund ist er in meiner Vorstellung feindselig und mißtrauisch. Ich hatte Angst vor dem Publikum, es war mir schrecklich, und wenn ich ein neues Stück herausbrachte, schien es mir jedes Mal, als seien die Brünetten feindselig gestimmt, die Blonden gleichgültig und kalt. Wie schrecklich ist das! Was war das für eine Qual!

NINA Erlauben Sie, geben Ihnen die Inspiration und der eigentliche Schaffensprozeß nicht hohe, glückliche Minuten?

TRIGORIN Ja. Wenn ich schreibe, ist es angenehm. Und Korrekturen lesen ist angenehm, aber: kaum ist es erschienen, ertrage ich es nicht, und sehe, es ist nicht das, ein Irrtum, es hätte nicht geschrieben werden sollen, und es ärgert mich, und mir ist elend. *Lacht.* Und das Publikum liest es: »Ja, nett, talentiert. Nett, aber weit entfernt von Tolstoi«, oder: »Eine herrliche Sache, aber VÄTER UND SÖHNE von Turgenjew ist besser.« Und so wird bis zum Sarg alles nett und talentiert sein, nett und talentiert – nicht mehr, und wenn ich sterbe, werden die Bekannten am Grab vorbeigehen und sagen:

»Hier liegt Trigorin. Er war ein guter Schriftsteller, aber er schrieb schlechter als Turgenjew.«

NINA Verzeihen Sie, ich weigere mich, Sie zu verstehen. Sie sind einfach vom Erfolg verwöhnt.

TRIGORIN Von welchem Erfolg? Ich habe mir niemals selbst gefallen. Ich liebe mich nicht als Schriftsteller. Das Schlimmste von allem ist, daß ich in irgendeinem Rausch bin und oft nicht verstehe, was ich schreibe. Ich liebe dort dieses Wasser, die Bäume, den Himmel, ich spüre die Natur, sie erregt in mir die Leidenschaft, den unüberwindlichen Drang zu schreiben. Aber ich bin ja nicht nur Landschaftsmaler, ich bin ja noch Bürger, ich liebe die Heimat, das Volk, ich fühle, daß, wenn ich Schriftsteller bin, ich die Pflicht habe, vom Volk zu reden, von seinen Leiden, von seiner Zukunft, von der Wissenschaft zu reden, von den Menschenrechten und so weiter und so weiter, und ich rede von allem, in Eile, von allen Seiten treibt man mich an, ärgert man sich, und ich werfe mich von einer Seite auf die andre wie der Fuchs, von Hunden gehetzt, ich sehe, daß das Leben und die Wissenschaft vorwärts und vorwärts gehn, und ich bleibe zurück und bleibe zurück, wie ein Bauer, der den Zug verpaßt hat, und schließlich fühle ich, daß ich nur Landschaften beschreiben kann und in allem andern falsch, falsch bis ins Knochenmark bin.

NINA Sie haben sich überarbeitet, und Sie haben keine Zeit und keine Lust, Ihre Bedeutung zu begreifen. Mögen Sie mit sich unzufrieden sein, für die andern sind Sie groß und herrlich! Wenn ich so ein Schriftsteller wäre wie Sie, würde ich der Menge mein ganzes Leben widmen, aber ich würde wissen, daß ihr Glück nur darin besteht, sich zu mir zu erheben, und sie würde mich in einem Triumphwagen fahren.

TRIGORIN Nun, in einem Triumphwagen. Bin ich Agamemnon?

*Beide lächeln.*

NINA Für das Glück, Schriftstellerin oder Schauspielerin

zu sein, würde ich den Haß meiner Nächsten ertragen, Not, Enttäuschung, ich würde unter dem Dach wohnen und Roggenbrot essen, ich würde leiden unter meiner Unzufriedenheit mit mir, unter dem Bewußtsein meiner Unvollkommenheit, aber dafür würde ich Ruhm fordern, wirklichen echten, aufsehenerregenden Ruhm. *Bedeckt das Gesicht mit den Händen.* Mir dreht sich der Kopf ...

*Die Stimme der Arkadina aus dem Haus: »Boris Alexejewitsch.«*

TRIGORIN Ich werde gerufen. Wahrscheinlich soll gepackt werden. Aber ich möchte nicht abreisen. *Schaut auf den See.* Welch ein Paradies! Schön!

NINA Sehen Sie auf jenem Ufer das Haus und den Garten?

TRIGORIN Ja.

NINA Das ist das Gut meiner verstorbenen Mutter. Dort bin ich geboren. Ich habe das ganze Leben an diesem See verbracht und kenne jedes Inselchen.

TRIGORIN Sie haben es gut hier! *Erblickt die Möwe.* Aber was ist das?

NINA Eine Möwe. Konstantin Gawrilowitsch hat sie geschossen.

TRIGORIN Ein schöner Vogel. Wirklich, ich möchte nicht abreisen. Überreden Sie doch Irina Nikolajewna, daß sie bleibt. *Notiert etwas in das Büchlein.*

NINA Was schreiben Sie da?

TRIGORIN Ich schreibe nur so. Ein Sujet schoß mir durch den Kopf. *Steckt das Buch ein.* Ein Sujet für eine kleine Erzählung: am Ufer eines Sees lebt von Kindheit an ein junges Mädchen, so wie Sie; es liebt den See wie eine Möwe und ist glücklich und frei wie eine Möwe. Und zufällig kommt ein Mann, sieht sie und, aus Langeweile, stürzt sie ins Verderben, wie diese Möwe hier. *Pause. – Im Fenster zeigt sich die Arkadina.*

ARKADINA Boris Alexejewitsch, wo sind Sie?

TRIGORIN Sofort! *Geht und sieht sich nach Nina um, zum Fenster, zur Arkadina:* Was?

ARKADINA Wir bleiben.

*Trigorin geht ins Haus.*

NINA *tritt an die Rampe; nach einigem Nachdenken:* Ein Traum!

## III

*Eßzimmer im Hause Sorins. Rechts und links Türen. Ein Büfett. Ein Schrank mit Arzneien. In der Mitte des Zimmers ein Tisch. Ein Koffer und Pappschachteln; Vorbereitungen zur Abfahrt sind bemerkbar. Trigorin frühstückt. Mascha steht am Tisch.*

MASCHA Ich erzähle Ihnen das alles als einem Schriftsteller. Sie können davon Gebrauch machen. Zu Ihnen bin ich offen: Wenn er sich ernsthaft verwundet hätte, nicht eine Minute mehr hätte ich leben können. Und doch bin ich mutig. Ich habe mich entschlossen. Ich werde diese Liebe aus meinem Herzen reißen. Ich werde sie mit der Wurzel ausreißen.

TRIGORIN Aber wie?

MASCHA Ich werde heiraten. Medwedenko.

TRIGORIN Den Lehrer?

MASCHA Ja.

TRIGORIN Ich verstehe nicht. Welche Notwendigkeit.

MASCHA Hoffnungslos zu lieben, die ganzen Jahre immer zu warten auf etwas. Aber wenn ich heirate, wird mir nicht mehr nach Liebe sein, die neuen Sorgen betäuben alle alten. Und dann, wissen Sie, ein Wechsel. Trinken wir noch was?

TRIGORIN Aber wird es nicht zuviel?

MASCHA Ach! *Füllt das Schnapsglas.* Sehen Sie mich nicht so an. Frauen trinken häufiger, als Sie denken. Die Minderheit trinkt offen, wie ich, und die Mehrheit heimlich. Ja. Und alle Wodka oder Kognak. *Stößt an.* Auf Ihr Wohl! Sie sind ein einfacher Mensch, schade, sich von Ihnen zu trennen.

*Sie trinken.*

TRIGORIN Ich möchte selbst nicht abfahren.

MASCHA Bitten Sie sie doch, daß sie bleibt.

TRIGORIN Nein, jetzt bleibt sie nicht. Der Sohn beträgt sich sehr taktlos. Erst wollte er sich erschießen, und jetzt, sagt man, will er mich zum Duell herausfordern.

Aber weshalb? Er schmollt, schnaubt, predigt neue Formen. Für alle ist doch Platz, für die neuen und für die alten, warum einander stoßen.

MASCHA Und dann die Eifersucht. Aber, das ist nicht meine Sache.

*Pause. – Jakow geht von links nach rechts mit einem Koffer vorbei. Nina tritt auf und bleibt am Fenster stehen.*

Mein Lehrer ist nicht sehr klug, aber ein guter Mensch, und arm, und er liebt mich sehr. Er tut mir leid. Und seine alte Mutter tut mir leid. Nun, erlauben Sie, Ihnen alles Gute zu wünschen. Behalten Sie mich nicht in schlechter Erinnerung. *Drückt ihm fest die Hand.* Ich bin Ihnen sehr dankbar für Ihr Wohlwollen. Und schicken Sie mir Ihre Bücher, unbedingt mit Autogramm. Nur schreiben Sie nichts von »sehr geehrte«, sondern einfach: »Maria, die nicht weiß, wo sie hingehört, und wozu sie lebt auf dieser Welt.« Leben Sie wohl! *Geht ab.*

NINA *die Hand, zur Faust geballt, in Richtung Trigorins ausstreckend:* Gerade oder ungerade?

TRIGORIN Gerade.

NINA *seufzend:* Nein. Ich habe nur eine Erbse in der Hand. Ich wollte wissen: soll ich Schauspielerin werden oder nicht? Wenn mir doch jemand einen Rat geben würde.

TRIGORIN Da kann man keinen Rat geben.

*Pause.*

NINA Wir trennen uns. Und vielleicht sehen wir uns nie mehr. Ich bitte Sie, nehmen Sie von mir zur Erinnerung dieses kleine Medaillon. Ich ließ Ihre Initialen eingravieren. Und auf dieser Seite ist der Titel Ihres Buches TAGE UND NÄCHTE.

TRIGORIN Wie hübsch. *Küßt das Medaillon.* Ein reizendes Geschenk!

NINA Erinnern Sie sich manchmal an mich.

TRIGORIN Ich werde mich erinnern. Ich werde mich an Sie erinnern, wie Sie waren – an jenem heiteren Tag – erinnern Sie sich? – vor einer Woche, im hellen Kleid, wir unterhielten uns, damals lag auf der Bank schon die weiße Möwe.

NINA *nachdenklich:* Ja, die Möwe. *Pause.* Wir dürfen jetzt nicht mehr sprechen, man kommt hierher. Geben Sie mir vor der Abfahrt noch zwei Minuten, ich flehe Sie an.

*Geht nach links ab; im selben Moment kommen rechts die Arkadina und Sorin, im Frack mit einem Orden, dann Jakow, mit dem Gepäck, herein.*

ARKADINA Bleib zu Hause, Alter. Du mit deinem Rheumatismus auf Besuchsreisen? *Zu Trigorin:* Wer ist da eben hinausgegangen? Nina?

TRIGORIN Ja.

ARKADINA Pardon, wir störten. *Setzt sich.* Es scheint, alles ist gepackt. Ich habe mich abgeplagt.

TRIGORIN *liest auf dem Medaillon:* TAGE UND NÄCHTE. Seite einhunderteinundzwanzig, Zeile elf und zwölf.

JAKOW *den Tisch abräumend:* Befehlen Sie, die Angeln auch einzupacken?

TRIGORIN Ja, ich werde sie noch brauchen. Und die Bücher gib irgendwem.

JAKOW Zu Befehl.

TRIGORIN *zu sich:* Seite einhunderteinundzwanzig, Zeile elf und zwölf. Was steht denn in diesen Zeilen. *Zur Arkadina:* Gibt es hier im Haus meine Bücher?

ARKADINA Beim Bruder im Kabinett, im Eckschrank.

TRIGORIN Seite einhunderteinundzwanzig ... *Geht ab.*

ARKADINA Wirklich, Petruscha, du solltest zu Hause bleiben.

SORIN Ihr fahrt weg, ohne euch wird es mir schwer werden zu Hause.

ARKADINA Und was ist in der Stadt?

SORIN Nichts Besonderes, aber immerhin. *Lacht.* Die Grundsteinlegung des Rathauses und dergleichen. Ich will mich aufraffen für ein, zwei Tage aus diesem abgeschiedenen Leben, viel zu lange lieg ich schon herum wie ein altes Mundstück. Ich habe die Pferde für ein Uhr bestellt, wir werden zur gleichen Zeit fahren.

ARKADINA *nach einer Pause:* Nun, lebe, langweile dich nicht, erkälte dich nicht. Gib acht auf meinen Sohn. Behüte ihn. Richte ihn auf. *Pause.* Ich reise jetzt ab, und so werde ich nicht wissen, warum sich Konstantin erschießen wollte. Mir scheint, der Hauptgrund war die Eifersucht, und je schneller ich Trigorin fortschaffe, desto besser.

SORIN Wie sag ichs dir? Auch andere Gründe gibt es. Verständliche Sache, ein junger Mensch, klug, lebt im Dorf, in der Einöde, ohne Geld, Position, Zukunft. Keine Beschäftigung. Schämt sich und fürchtet seinen Müßiggang. Ich liebe ihn maßlos, und er hängt an mir, aber letzten Endes glaubt er doch, er ist überflüssig hier, ein Gnadenbrotempfänger. Verständliche Sache: der Ehrgeiz.

ARKADINA Ich habe mein Kreuz mit ihm. *Nachdenklich:* Er sollte einen Dienst antreten, zum Beispiel ...

SORIN *pfeift, dann unentschieden:* Mir scheint, das beste wäre, wenn du ihm etwas Geld gibst. Vor allem muß er sich gesellschaftsfähig anziehn und dergleichen. Sieh mal, den Gehrock schleppt er schon drei Jahre, geht ohne Mantel. *Lacht.* Ja, auch mal bummeln gehen wäre gut. Ins Ausland fahren müßte er. Das ist doch nicht so teuer.

ARKADINA Trotzdem. Bitte, für einen Anzug kann ich vielleicht noch aufkommen, aber ins Ausland. Nein, zur Zeit habe ich auch für den Anzug kein Geld. *Entschlossen:* Nein, ich habe kein Geld.

*Sorin lacht.*

Nein.

SORIN *pfeift:* So. *Ironisch:* Verzeihung, meine Liebe, reg dich nicht auf, ich glaube dir. Du bist eine edle großherzige Frau.

ARKADINA *durch Tränen:* Nein, ich habe kein Geld!

SORIN Hätte ich Geld, ich würde ihm geben, aber ich habe nichts, keinen Fünfer. *Lacht.* Meine ganze Pension nimmt der Verwalter mir ab und gibt sie aus für den Ackerbau, die Viehzucht, die Bienenzucht, und mein

Geld geht weg für nichts. Die Bienen krepieren, die Kühe krepieren, Pferde gibt man mir nicht.

ARKADINA Ja, ich habe Geld, aber ich bin eine Schauspielerin; die Toiletten allein verschlingen alles.

SORIN Du bist gut, lieb. Ich achte dich. Ja. Aber mir ist wieder so. *Schwankt.* Der Kopf dreht sich. *Hält sich am Tisch fest.* Mir ist schlecht. Und dergleichen.

ARKADINA *erschrocken:* Petruscha! *Bemüht sich, ihn zu stützen.* Petruscha, mein Lieber. *Ruft:* Helft mir! Helft!

*Trepljow, mit einem Verband um den Kopf, und Medwedenko kommen.*

Ihm ist schlecht.

SORIN Belanglos, belanglos. *Lächelt und trinkt Wasser.* Schon vorbei ... Und dergleichen.

TREPLJOW *zur Mutter:* Erschrick nicht, Mama, das ist nicht gefährlich. Dem Onkel geschieht das jetzt häufiger. *Zum Onkel:* Du mußt ein wenig liegen, Onkel.

SORIN Ein wenig, ja. Aber trotzdem werde ich in die Stadt fahren. Ich werde etwas liegen, und ich werde fahren, verständliche Sache. *Geht, auf den Stock gestützt.*

MEDWEDENKO *faßt ihn unter den Arm:* Es gibt ein Rätsel: Morgens auf vieren, mittags auf zweien, abends auf dreien ...

SORIN *lacht:* Eben. Und nachts auf dem Rücken. Ich danke Ihnen, ich kann allein gehen.

MEDWEDENKO Nun, was, die Ziererei!

*Er und Sorin gehen ab.*

ARKADINA Wie er mich erschreckt hat!

TREPLJOW Für ihn ist es ungesund, auf dem Land zu leben. Er langweilt sich. Wenn du, Mama, plötzlich freigebig wärst und würdest ihm eineinhalb bis zweitausend leihen, er könnte ein ganzes Jahr in der Stadt leben.

ARKADINA Ich habe kein Geld. Ich bin Schauspielerin und kein Bankier.

*Pause.*

TREPLJOW Wechsle mir den Verband, Mama. Du machst das gut.

ARKADINA *nimmt aus dem Apothekenschrank Jodoform und eine Schachtel mit Verbandmaterial:* Der Doktor hat sich verspätet.

TREPLJOW Er versprach, um zehn hier zu sein, und jetzt ist Mittag.

ARKADINA Setz dich. *Nimmt den Verband von seinem Kopf.* Wie ein Turban. Gestern fragte in der Küche ein Fremder nach deiner Nationalität. Es ist beinahe ganz verheilt. Nur ein paar Schrammen bleiben. *Küßt ihn auf den Kopf.* Aber du wirst, wenn ich weg bin, so etwas nicht wieder tun?

TREPLJOW Nein, Mama. Das war eine Minute wahnsinniger Verzweiflung, als ich mich nicht beherrschen konnte. Das wird sich nicht wiederholen. *Küßt ihre Hand.* Du hast goldene Hände. Ich erinnere mich, es ist sehr lange her, als du noch an der Staatsbühne spieltest – ich war damals klein –, bei uns auf dem Hof war eine Schlägerei, sie schlugen die Wäscherin, die im Haus wohnte, schlugen sie heftig. Erinnerst du dich? Man hob sie besinnungslos auf. Du gingst immer zu ihr, brachtest Arzneien, wuschst ihre Kinder im Trog. Erinnerst du dich wirklich nicht?

ARKADINA Nein. *Legt einen neuen Verband an.*

TREPLJOW Zwei Tänzerinnen wohnten damals auch in dem Haus, wo wir ... Sie kamen zu dir Kaffee trinken.

ARKADINA Ich erinnere mich.

TREPLJOW Sie waren sehr fromm. *Pause.* In der letzten Zeit, in diesen Tagen, liebe ich dich so zärtlich und selbstlos wie in der Kindheit. Außer dir bleibt mir ja jetzt niemand. Aber warum, warum ergibst du dich dem Einfluß dieses Menschen?

ARKADINA Du verstehst ihn nicht, Konstantin. Er ist eine edle Persönlichkeit.

TREPLJOW Aber als man ihm berichtet hat, daß ich ihn zum Duell fordern will, hinderte ihn sein Adel nicht, den Feigling zu spielen. Er reist ab. Eine schmachvolle Flucht!

ARKADINA Was für ein Unsinn. Ich selbst bitte ihn abzureisen. Dir mag unser Verhältnis nicht lieb sein, aber du bist ein kluger Mensch, und ich habe das Recht, von dir zu fordern, daß du meine Freiheit respektierst.

TREPLJOW Ich respektiere deine Freiheit. Aber bitte leugne du nicht meine Freiheit, von diesem Mann zu halten, was ich will. Edle Persönlichkeit! Wir zanken uns beinahe seinetwegen, und er lacht über uns jetzt irgendwo im Gastzimmer oder im Garten, spielt sich auf vor Nina, müht sich ab, sie endgültig zu überzeugen, daß er ein Genie ist.

ARKADINA Ein Genuß ist es für dich, mir Unfreundlichkeiten zu sagen. Ich achte diesen Menschen und bitte, sich nicht schlecht zu äußern über ihn vor mir.

TREPLJOW Aber ich achte ihn nicht. Du willst, daß ich ihn auch für ein Genie halte, aber, entschuldige, ich kann nicht lügen, seine Werke sind mir zuwider.

ARKADINA Das ist der Neid. Talentlosen Leuten mit Ehrgeiz bleibt nichts als die wahren Talente zu schmähen. Da ist nichts zu sagen. *Ironisch:* Ein Trost!

TREPLJOW *ironisch:* Die wahren Talente! *Zornig:* Ich bin talentierter als ihr alle, wenn es das ist! *Reißt den Verband vom Kopf.* Ihr Routiniers nehmt den ersten Platz in der Kunst ein und haltet für erlaubt und wahr nur, was ihr selber macht, und das übrige verfolgt und unterdrückt ihr! Ich erkenne euch nicht an! Ich erkenne weder dich noch ihn an.

ARKADINA Dekadent!

TREPLJOW Geh zurück in dein nettes Theater und spiele in erbärmlichen, stümperhaften Stücken!

ARKADINA Nie habe ich in solchen Stücken gespielt. Laß mich! Du bist nicht einmal imstande, ein erbärmliches Lustspiel zu schreiben. Kiewer Kleinbürger. Gnadenbrotesser!

TREPLJOW Geizhals!

ARKADINA Vagabund!

*Trepljow setzt sich und weint leise.*

Nichts! *In Erregung auf- und abgehend.* Nicht weinen. Du mußt nicht weinen. *Weint.* Du sollst nicht. *Küßt ihn auf die Stirn, auf die Wangen, auf den Kopf.* Mein liebes Kind, verzeih. Verzeih deiner sündigen Mutter. Verzeih mir Unglücklichen.

TREPLJOW *umarmt sie:* Wenn du wüßtest! Ich habe alles verloren. Sie liebt mich nicht, ich kann schon nicht mehr schreiben, verloren alle Hoffnung.

ARKADINA Verzweifle nicht. Alles wird gut. Er fährt ab, und sie wird dich wieder lieben. *Sie trocknet ihm die Tränen.* Genug jetzt. Wir haben uns schon wieder versöhnt.

TREPLJOW *küßt ihre Hand:* Ja, Mama.

ARKADINA *zärtlich:* Versöhne dich auch mit ihm. Ein Duell ist nicht nötig. Du tust es nicht, ja?

TREPLJOW Gut. Nur, Mama, erlaub, daß ich ihn nicht mehr treffe. Mir ist das zu schwer, es geht über meine Kraft.

*Trigorin tritt auf.*

Das ist er. Ich gehe. *Räumt schnell die Arzneien in den Schrank.* Der Doktor wird den Verband schon machen.

TRIGORIN *in einem Buch blätternd:* Seite einhunderteinundzwanzig, Zeile elf und zwölf. Da. *Liest:* »Wenn du irgendwann mein Leben brauchst, komm und nimm es.«

*Trepljow hebt die Binde vom Boden auf und geht ab.*

ARKADINA *sieht auf die Uhr:* Bald werden die Pferde kommen.

TRIGORIN *für sich:* Wenn du irgendwann mein Leben brauchst, komm und nimm es.

ARKADINA Ich hoffe, du hast schon alles eingepackt?

TRIGORIN *ungeduldig:* Ja, ja. *In Gedanken:* Warum höre ich Trauer aus diesem Ruf einer reinen Seele, und warum krümmt sich mein Herz so schmerzhaft? Wenn du irgendwann mein Leben brauchst, komm und nimm es. *Zur Arkadina:* Bleiben wir noch einen Tag!

*Arkadina schüttelt verneinend den Kopf.*

Bleiben wir!

ARKADINA Mein Lieber, ich weiß, was dich hier festhält. Aber behalte dich in der Gewalt, du bist ein wenig betrunken, werde nüchtern.

TRIGORIN Sei auch du nüchtern, sei klug, versteh, ich flehe dich an, betrachte das alles wie ein wahrer Freund. *Drückt ihre Hand.* Du bist zu Opfern fähig. Sei mein Freund, gib mich frei.

ARKADINA *in starker Erregung:* So hingerissen bist du?

TRIGORIN Es zieht mich zu ihr! Vielleicht ist es genau das, was ich brauche.

ARKADINA Die Liebe eines Provinzmädchens? Oh, wie wenig du dich kennst!

TRIGORIN Manchmal schlafen die Leute im Gehen. Ich spreche mit dir, als ob ich schlafe, und sehe sie im Traum. Mich überkommen süße Träume. Gib mich frei.

ARKADINA *zitternd:* Nein, nein. Ich bin eine gewöhnliche Frau, mit mir darf man so nicht sprechen. Quäle mich nicht, Boris. Ich habe Angst.

TRIGORIN Wenn du willst, kannst du ungewöhnlich sein. Eine junge Liebe, reizend und poetisch, forttragend in die Welt der Träume, nur das kann auf der Erde Glück sein. Eine solche Liebe habe ich noch nie gefühlt. In der Jugend war keine Zeit, ich belagerte die Redaktionen, kämpfte mit der Not. Und jetzt ist sie gekommen, diese Liebe, endlich, lockt mich an. Warum soll ich fliehn?

ARKANDINA *zornig:* Du bist verrückt geworden!

TRIGORIN Wenn auch.

ARKADINA Ihr alle habt euch verabredet, heute mich zu quälen. *Weint.*

TRIGORIN *faßt sich an den Kopf:* Sie versteht nicht! Sie will nicht verstehen!

ARKANDINA Bin ich denn wirklich schon so alt und häßlich, daß man mit mir, ohne sich zu genieren, über andere Frauen sprechen darf? *Umarmt und küßt ihn.* Oh, du hast den Verstand verloren! Mein schöner Geliebter. Du, die letzte Seite meines Lebens! *Kniet nieder.* Meine Freude, mein Stolz, meine Glückseligkeit. *Seine Knie umklammernd:* Wenn du mich verläßt, nur eine Stunde, ich überlebe es nicht, ich werde verrückt, mein Wunderbarer, Großer, mein Gebieter.

TRIGORIN Jemand könnte kommen. *Hilft ihr aufzustehen.*

ARKADINA Wenn auch, ich schäme mich nicht meiner Liebe zu dir. *Küßt seine Hand.* Mein Schatz, Tollkopf, du willst unbesonnen sein, aber ich will nicht, ich lasse dich nicht. *Lacht.* Du bist mein. Du bist mein. Und diese Stirn ist mein, und die Augen sind mein, und diese herrlichen seidigen Haare sind auch mein. Du bist ganz mein. Du bist der talentierteste, klügste, beste von allen heutigen Schriftstellern, du bist die einzige Hoffnung Rußlands. Bei dir ist so viel Aufrichtigkeit, Einfachheit, Frische, gesunder Humor. Du kannst mit einem Strich das Wesentliche sagen über eine Person oder Landschaft, deine Menschen leben wirklich. Oh, es ist unmöglich, dich ohne Begeisterung zu lesen! Du denkst, das ist Weihrauch? Ich schmeichle dir? Nun, sieh mir in die Augen. Sieh. Sehe ich aus wie eine Lügnerin? Siehst du, ich allein kann dich würdigen; ich allein sage dir die Wahrheit, mein Lieber, Wundervoller. Du fährst? Ja? Du verläßt mich nicht?

TRIGORIN Ich habe keinen eigenen Willen. Ich hatte nie einen eigenen Willen. Schlaff, mürbe, immer unterwürfig – kann das wirklich den Frauen gefallen? Nimm mich, bring mich weg, nur laß mich keinen Schritt allein.

ARKADINA *zu sich:* Jetzt ist er mein. *Gelöst, als wäre nichts gewesen:* Übrigens, wenn du willst, kannst du bleiben. Ich selbst werde fahren, und du kommst dann, in einer Woche, nach. Wirklich, warum sollst du dich beeilen?

TRIGORIN Nein, wir fahren zusammen.

ARKADINA Wie du willst. Zusammen, zusammen also.
*Pause. – Trigorin schreibt etwas ins Buch.*
Was schreibst du?

TRIGORIN Heute morgen hörte ich eine gute Wendung: »Jungfernwald«. Kann man brauchen. *Streckt sich.* Also, fahren wir? Wieder Eisenbahncoupets, Bahnhöfe, kalte Büffets, Beefsteaks, Konversation.

SCHAMRAJEW *kommt herein:* Ich habe die Ehre, Ihnen mit Bedauern zu melden, daß die Pferde bereitstehen. Es ist Zeit, Hochverehrteste, zum Bahnhof zu fahren; der Zug kommt zwei Uhr fünf. Und nicht wahr, Irina Nikolajewna, Sie sind so nett und vergessen nicht, sich zu erkundigen nach dem Schauspieler Susdalzjew. Lebt er noch? Ist er gesund? Einst tranken wir zusammen. In der GEPLÜNDERTEN POST spielte er unnachahmlich. Mit ihm war engagiert, damals in Jelisawetgrad, erinnere ich mich, der Tragöde Ismailow, auch eine bemerkenswerte Persönlichkeit. Eilen Sie nicht, Hochverehrteste, wir haben noch fünf Minuten. Einmal spielten sie Verschwörer in einem Melodram, und als sie geschnappt wurden, mußten sie sagen: »Wir sind in eine Falle geraten«, aber Ismailow sagte: »Wir sind in eine Knalle geraten«. *Lacht.* Knalle! . . .

*Während er spricht, wirtschaftet Jakow in der Nähe der Koffer herum, das Stubenmädchen bringt der Arkadina Hut, Mantel, Schirm, Handschuhe; alle helfen der Arkadina beim Anziehen. Aus der linken Tür sieht der Koch hervor, wartet ein wenig und kommt unentschlossen herein. Es treten auf Polina Andrejewna, dann Sorin und Medwedenko.*

POLINA *mit einem Körbchen:* Hier sind Pflaumen für Sie für die Reise. Sehr süß. Vielleicht möchten Sie ein wenig naschen.

ARKADINA Sie sind sehr gut, Polina Andrejewna.

POLINA Leben Sie wohl, meine Liebe! Wenn nicht immer alles so war, verzeihen Sie. *Weint.*

ARKADINA *umarmt sie:* Alles war gut, alles war gut. Nur weinen müssen Sie nicht.

POLINA Unsre Zeit vergeht!

ARKADINA Was tun!

SORIN *kommt im Pelerinenmantel, mit Hut und Stock, aus der linken Tür, geht durch das Zimmer:* Schwester, es ist Zeit, wir kommen zu spät, alles in allem. Ich geh mich in den Wagen setzen. *Geht ab.*

MEDWEDENKO Und ich gehe zu Fuß zum Bahnhof, begleite Sie. Ich bin schnell. *Geht ab.*

ARKADINA Auf Wiedersehen, meine Lieben. Wenn wir leben und gesund sind, sehen wir uns im Sommer wieder . . .

*Das Stubenmädchen, Jakow und der Koch küssen ihr die Hand.*

Vergeßt mich nicht. *Gibt dem Koch einen Rubel.* Hier ein Rubel für euch drei.

KOCH Wir danken ergebenst, Gnädige Frau. Glückliche Reise! Haben Ihnen gern gedient.

JAKOW Gebe Gott eine gute Reise!

SCHAMRAJEW Vielleicht beglücken Sie uns mit einem Briefchen. Leben Sie wohl, Boris Alexejewitsch!

ARKADINA Wo ist Konstantin? Sagen Sie ihm, daß ich abfahre. Ich muß mich von ihm verabschieden. Nun, behaltet mich nicht in schlechter Erinnerung. *Zu Jakow:* Ich habe dem Koch einen Rubel gegeben. Das ist für drei.

*Alle gehen nach rechts ab. Die Bühne ist leer. Hinter der Bühne Lärm der Abreisenden. Das Stubenmädchen kommt zurück, um das Körbchen mit den Pflaumen vom Tisch zu nehmen und geht wieder ab.*

TRIGORIN *kommt zurück:* Ich vergaß meinen Stock. Er ist, glaube ich, dort auf der Terrasse.

*Geht und trifft an der linken Tür mit Nina zusammen, die hereinkommt.*

Sie sind es? Wir reisen ab.

NINA Ich fühlte, daß wir uns noch einmal sehen. *Erregt:* Boris Alexejewitsch, ich habe mich unwiderruflich entschlossen, das Los ist geworfen, ich gehe zur Bühne. Morgen werde ich schon nicht mehr hier sein, ich gehe weg vom Vater, verlasse alles, fange ein neues Leben an. Ich fahre, ebenso wie Sie, nach Moskau. Wir werden uns dort sehen.

TRIGORIN *nachdem er sich umgesehen hat:* Steigen Sie im »Slawjanskij Basar« ab. Benachrichtigen Sie mich sofort. Moltschanowka, Haus Grocholskij. Ich muß mich beeilen.

*Pause.*

NINA Noch eine Minute.

TRIGORIN *halblaut:* Sie sind so schön. Welch ein Glück zu denken, daß wir uns bald wiedersehen!

*Sie sinkt an seine Brust.*
Ich werde diese Augen wiedersehen, dieses Lächeln, das Engelsgesicht, meine Liebe.
*Ein langer Kuß.*

## IV

*Eins der Gastzimmer im Hause Sorins, von Konstantin Trepljow in ein Arbeitszimmer verwandelt. Rechts und links Türen, die in die inneren Räume führen. Geradeaus eine Glastür zur Terrasse. Außer den üblichen Gastzimmermöbeln, in der rechten Ecke ein Schreibtisch, neben der linken Tür ein türkischer Diwan, ein Schrank mit Büchern, Bücher auf den Fensterbrettern, auf den Stühlen. – Abend. Es brennt eine Lampe, unter einem Lampenschirm. Halbdunkel. Es ist zu hören, wie die Bäume rauschen, und der Wind heult im Schornstein. Der Wächter klopft.*

*Medwedenko und Mascha kommen.*

MASCHA *ruft:* Konstantin Gawrilowitsch! Konstantin Gawrilowitsch! *Sieht sich um.* Niemand hier. Der alte Mann fragt jede Minute, wo ist Kostja, wo ist Kostja. Er kann nicht leben ohne ihn.

MEDWEDENKO Er fürchtet die Einsamkeit. *Aufhorchend:* Was für ein Wetter! Das ist schon der zweite Tag!

MASCHA *schraubt die Flamme in der Lampe höher:* Auf dem See sind Wellen. Riesige.

MEDWEDENKO Im Garten ist es dunkel. Man müßte sagen, daß dieses Theater im Garten abgerissen werden soll. Nackt steht es und häßlich da, wie ein Skelett, der Vorhang klatscht im Wind. Als ich gestern abend vorbeiging, war mir, als ob dort jemand weinte.

MASCHA Nun, also ...

*Pause.*

MEDWEDENKO Gehen wir, Mascha, nach Hause.

MASCHA *schüttelt verneinend den Kopf:* Ich bleibe hier, übernachte.

MEDWEDENKO *flehend:* Mascha, gehen wir! Unser Kindchen, bestimmt ist es hungrig.

MASCHA Unsinn. Die Magd wird es füttern.

*Pause.*

MEDWEDENKO Das arme. Schon die dritte Nacht ohne Mutter.

MASCHA Du bist langweilig geworden. Früher kam es vor, daß du philosophiert hast, aber jetzt immer das Kind, nach Hause, das Kind, nach Hause – und mehr hört man von dir nicht.

MEDWEDENKO Fahren wir, Mascha.

MASCHA Fahr allein.

MEDWEDENKO Dein Vater gibt mir die Pferde nicht.

MASCHA Er gibt sie. Bitte ihn, und er gibt sie.

MEDWEDENKO Meinetwegen, ich bitte ihn. Heißt das, du kommst morgen?

MASCHA *schnupft Tabak:* Nun, morgen. Du belästigst mich.

*Es kommen Trepljow und Polina Andrejewna; Trepljow trägt Kissen und eine Bettdecke; und Polina Andrejewna Bettwäsche; sie legen es auf den türkischen Diwan, dann geht Trepljow zu seinem Tisch und setzt sich.*

Wozu das, Mama?

POLINA Pjotr Nikolajewitsch bat, ihm bei Kostja das Bett zu machen.

MASCHA Lassen Sie mich. *Macht das Bett.*

POLINA *seufzend:* Was groß ist, ist klein. *Geht zum Schreibtisch und schaut, sich mit dem Ellenbogen aufstützend, in das Manuskript.*

*Pause.*

MEDWEDENKO Also, ich gehe. Leb wohl, Mascha! *Er küßt der Frau die Hand.* Leben Sie wohl, Mama. *Will der Schwiegermutter die Hand küssen.*

POLINA *ärgerlich:* Na! Geh mit Gott!

MEDWEDENKO Leben Sie wohl, Konstantin Gawrilowitsch!

*Trepljow gibt ihm schweigend die Hand; Medwedenko geht.*

POLINA *das Manuskript ansehend:* Niemand dachte und ahnte, daß aus Ihnen, Kostja, ein richtiger Schriftsteller wird. Und jetzt, Gott sei Dank, wird Ihnen auch Geld geschickt von den Zeitschriften. *Streicht mit der Hand über seine Haare.* Und hübsch ist er geworden. Lieber

Kostja, guter, seien Sie doch ein wenig freundlicher mit meiner Mascha! ...

MASCHA *das Bett machend:* Lassen Sie ihn, Mama.

POLINA *zu Trepljow:* Sie ist ein gutes Mädchen. *Pause.* Eine Frau, Kostja, braucht nichts. Sieh sie nur freundlich an. Ich weiß das von mir.

*Trepljow steht vom Tisch auf und geht schweigend hinaus.*

MASCHA So, nun haben Sie ihn verärgert. Mußten Sie sich aufdrängen!

POLINA Es ist mir leid um dich, Mascha.

MASCHA Sehr nötig!

POLINA Mein Herz ist krank wegen dir. Ich sehe doch alles, verstehe alles.

MASCHA Alles Dummheiten. Hoffnungslose Liebe, das gibt es nur in Romanen. Unsinn. Man darf sich nur nicht gehen lassen, nicht warten, auf irgend etwas warten mit Hoffnung. Wenn sich im Herzen eine Liebe einnistet, weg mit ihr! Man hat versprochen, meinen Mann in einen anderen Bezirk zu versetzen. Dort werde ich alles vergessen. Mit der Wurzel werde ich es aus dem Herzen reißen.

*Im übernächsten Zimmer spielt man einen melancholischen Walzer.*

POLINA Kostja spielt. Das heißt, er ist in trüber Stimmung.

MASCHA *macht lautlos zwei – drei Walzerschritte:* Die Hauptsache ist, Mama, ihn nicht vor den Augen zu haben. Wenn sie meinem Semjon die Versetzung geben würden. Dort, glauben Sie, vergesse ich in einem Monat. Unsinn ist das alles.

*Es öffnet sich die linke Tür. Dorn und Medwedenko schieben im Rollstuhl Sorin.*

MEDWEDENKO Sechs habe ich im Hause jetzt. Und Mehl siebzig Kopeken das Pud.

DORN Da sieh zu, wie du dich drehst.

MEDWEDENKO Sie haben gut lachen. Sie haben Geld.

DORN Geld? In dreißig Jahren Praxis, mein Freund,

ruhelose Praxis, weder am Tag noch in der Nacht gehörte ich mir selbst, gelang es mir, ganze zweitausend zusammenzuscharren, ja und das habe ich vor kurzem ausgegeben im Ausland, ich habe nichts.

MASCHA *zum Mann:* Du bist nicht gefahren?

MEDWEDENKO *schuldbewußt:* Was denn? Wenn man mir keine Pferde gibt!

MASCHA *mit bitterem Ärger, halblaut:* Würden meine Augen dich nicht sehen!

*Der Rollstuhl bleibt in der linken Hälfte des Zimmers stehen; Polina Andrejewna, Mascha und Dorn setzen sich neben ihn; Medwedenko geht traurig zur Seite.*

DORN Wieviel hat sich verändert bei Ihnen! Das Gastzimmer ein Arbeitsraum.

MASCHA Hier arbeitet Konstantin Gawrilowitsch bequemer. Er kann, wenn er will, in den Garten gehen und dort nachdenken.

*Der Wächter klopft.*

SORIN Wo ist meine Schwester?

DORN Zur Station gefahren, um Trigorin zu empfangen. Sie kommt bald zurück.

SORIN Wenn ihr es für notwendig haltet, meine Schwester kommen zu lassen, heißt das, ich bin gefährlich krank. *Schweigt.* Das ist eine Geschichte, ich bin gefährlich krank, und dabei gibt man mir keinerlei Arzneien.

DORN Was wollen Sie? Baldriantropfen? Soda? Chinin?

SORIN Ach, die Philosophie fängt an. O, was für eine Strafe! *Weist mit dem Kopf auf den Diwan.* Ist das Bett für mich gemacht?

POLINA Für Sie, Pjotr Nikolajewitsch.

SORIN Ich danke Ihnen.

DORN *singt leise:*

Am Himmel nächtlich zieht der Mond dahin ...

SORIN Ich will Kostja ein Sujet geben für eine Novelle. Sie muß heißen: »Der Mann, der wollte«. »L'homme qui a voulu«. In der Jugend wollte ich irgendwann Literat werden – und wurde es nicht; wollte schön reden – und redete schauderhaft, *parodiert sich:* »und so und dergleichen, eben, eben nicht ...« und es kam beim Plädoyer vor, du schwatzt und schwatzt, dir bricht der Schweiß aus; wollte heiraten – und heiratete nicht; wollte immer in der Stadt leben – und jetzt beende ich mein Leben auf dem Dorf. Und Schluß.

DORN Wollte Staatsanwalt werden – und wurde es.

SORIN *lacht:* Danach habe ich nicht gestrebt. Das ist von selbst gekommen.

DORN Mit zweiundsechzig Jahren seine Unzufriedenheit mit dem Leben äußern, geben Sie es zu – das ist nicht großzügig.

SORIN Was für ein Starrkopf. Verstehen Sie, leben will ich.

DORN Das ist Leichtsinn. Nach den Naturgesetzen muß jedes Leben ein Ende haben.

SORIN Sie urteilen wie ein satter Mensch. Sie sind satt und darum gleichgültig dem Leben gegenüber. Ihnen ist alles gleich. Aber das Sterben wird auch Ihnen schrecklich.

DORN Die Todesangst ist eine tierische Angst. Man muß sie unterdrücken. Mit Grund fürchten den Tod nur die, die an das ewige Leben glauben, wegen ihrer Sünden. Aber Sie sind erstens Atheist, zweitens – wo sind Ihre Sünden? Sie haben fünfundzwanzig Jahre beim Gericht gedient – das ist die einzige.

SORIN *lacht:* Achtundzwanzig ...

*Trepljow kommt und setzt sich auf ein Bänkchen zu Sorins Füßen. Mascha läßt die ganze Zeit kein Auge von ihm.*

DORN Wir stören Konstantin Gawrilowitsch beim Arbeiten.

TREPLJOW Nein, gar nicht.

*Pause.*

MEDWEDENKO Erlauben Sie zu fragen, Doktor, welche Stadt im Ausland hat Ihnen am besten gefallen?

DORN Genua.

TREPLJOW Warum Genua?

DORN Dort lebt man auf der Straße. Wenn du aus dem

Hotel kommst, abends ist die ganze Straße voller Menschen. Du bewegst dich in der Menge ohne Ziel, hierhin und dorthin, auf gebrochener Linie, du lebst mit ihr, du wirst psychisch eins mit ihr und beginnst zu glauben, daß wirklich eine Weltseele möglich ist, ähnlich der, die in Ihrem Stück Nina Saretschnaja damals gespielt hat. Übrigens, wo ist die Saretschnaja jetzt? Wo ist sie, und wie geht es ihr?

TREPLJOW Wahrscheinlich sehr gut.

DORN Man sagte mir, daß sie ein eigenartiges Leben führt. In welcher Weise?

TREPLJOW Das, Doktor, ist eine lange Geschichte.

DORN Kürzen Sie ab.

*Pause.*

TREPLJOW Sie lief von zu Hause weg und lebte mit Trigorin. Das ist Ihnen bekannt?

DORN Das weiß ich.

TREPLJOW Sie hatte ein Kind. Das Kind starb. Trigorin liebte sie nicht mehr und nahm seine früheren Verbindungen wieder auf, wie zu erwarten stand. Übrigens hatte er sie nie abgebrochen, und charakterlos, wie er ist, setzte er auf alle Pferde. Nach allem, was ich weiß, ist Ninas persönliches Leben ein Fehlschlag.

DORN Und die Bühne?

TREPLJOW Schlimmer, wie es scheint. Sie debütierte bei Moskau in einem Sommertheater, danach fuhr sie in die Provinz. Damals ließ ich sie nicht aus den Augen und bin ihr nachgereist einige Zeit. Sie nahm immer große Rollen in Angriff, aber sie spielte grob, geschmacklos, mit Gekreisch und übertriebenen Gesten. Es gab Momente, wo sie talentiert aufschrie, talentiert starb, aber das waren nur Momente.

DORN Das heißt, sie hat Talent trotz allem.

TREPLJOW Schwer zu sagen. Wahrscheinlich hat sie es. Ich sah sie, aber sie wollte mich nicht sehen, und das Dienstmädchen ließ mich nicht zu ihr. Ich verstand ihre Stimmung und habe nicht bestanden auf dem Rendezvous. *Pause.* Was soll ich Ihnen noch sagen? Dann erhielt ich, als ich schon wieder nach Hause zurückgekehrt war, Briefe von ihr. Kluge, warme, interessante Briefe; sie klagte nicht, aber ich fühlte, daß sie tief unglücklich war; keine Zeile, in der die kranken, gespannten Nerven nicht zu spüren sind. Und die Phantasie war ein wenig zerrüttet. Sie unterschrieb mit Möwe. In RUSALKA sagt der Müller, daß er ein Rabe sei, so wiederholte sie in den Briefen immer, daß sie eine Möwe sei. Jetzt ist sie hier.

DORN Was heißt das – hier?

TREPLJOW In der Stadt, im Gasthof. Es sind schon fünf Tage, daß sie dort in einem Zimmer wohnt. Ich bin zu ihr gefahren, auch Marja Iljitschina, aber sie empfängt niemanden. Semjon Semjonowitsch beteuert, daß er sie gestern nach dem Mittagessen im Feld gesehen habe, zwei Werst von hier.

MEDWEDENKO Ja, ich sah sie. Sie ging in der Richtung zur Stadt. Ich grüßte sie, fragte, warum sie nicht zu uns auf einen Besuch kommt. Sie sagte, sie kommt.

TREPLJOW Sie kommt nicht. *Pause.* Ihr Vater und die Stiefmutter wollen sie nicht kennen. Überall haben sie Wächter aufgestellt, damit sie nicht einmal in die Nähe des Gutes kommt. *Geht mit dem Doktor zum Schreibtisch.* Wie leicht ist es, Doktor, Philosoph auf dem Papier zu sein, und wie schwer ist es in Wahrheit!

SORIN Sie war ein reizendes Mädchen.

DORN Was?

SORIN Ich sagte, sie war ein reizendes Mädchen. Der Staatsanwalt Sorin war sogar einige Zeit in sie verliebt.

DORN Alter Schürzenjäger.

*Man hört Schamrajews Lachen.*

POLINA Es scheint, die Unsern sind von der Station gekommen.

TREPLJOW Ja, ich höre Mama.

*Es kommen Arkadina, Trigorin, mit ihnen Schamrajew.*

SCHAMRAJEW *eintretend:* Wir altern alle, verwittern unter dem Einfluß der Elemente, aber Sie, Vielverehrte, sind noch immer jung. Die helle Bluse, lebhaft, die Grazie.

ARKADINA Sie wollen mich wieder behexen, langweiliger Mensch.

TRIGORIN *zu Sorin:* Guten Tag, Pjotr Nikolajewitsch! Was ist das nur, Sie kränkeln immer? Das ist nicht gut! *Sieht Mascha, erfreut:* Marja Iljitschina!

MASCHA Sie haben mich erkannt? *Drückt ihm die Hand.*

TRIGORIN Verheiratet?

MASCHA Schon lange.

TRIGORIN Glücklich? *Verbeugt sich vor Dorn und Medwedenko, nähert sich zögernd Trepljow.* Irina Nikolajewna sagt, Sie haben das Alte vergessen und sind nicht mehr böse.

*Trepljow reicht ihm die Hand.*

ARKADINA *zum Sohn:* Hier hat Boris Alexejewitsch dir die Zeitschrift mit deiner neuen Erzählung gebracht.

TREPLJOW *nimmt das Heft entgegen, zu Trigorin:* Ich danke Ihnen. Sie sind sehr liebenswürdig.

*Sie setzen sich.*

TRIGORIN Ihre Verehrer lassen Sie grüßen. In Petersburg und in Moskau interessiert man sich überhaupt sehr für Sie, und ich werde ständig nach Ihnen gefragt. Man fragt: Was ist er für einer? Wie alt? Braun oder blond? Alle denken aus irgendeinem Grund, daß Sie nicht mehr jung sind. Und keiner weiß Ihren wahren Namen, weil Sie unter Pseudonym erscheinen. Sie sind geheimnisvoll wie die Eiserne Maske.

TREPLJOW Sind Sie für lange bei uns?

TRIGORIN Nein, ich gedenke schon morgen nach Moskau zu reisen. Ich muß. Schnell eine Novelle beenden, und dann, ich habe versprochen, etwas für einen Almanach zu liefern. Mit einem Wort – die alte Geschichte.

*Während sie sich unterhalten, stellen Arkadina und Polina Andrejewna in die Mitte des Zimmers einen Tisch zum Kartenspielen und klappen ihn auf; Schamrajew zündet Kerzen an, stellt Stühle hin. Aus dem Schrank wird das Lotto geholt.*

Das Wetter hat mich unsanft empfangen. Grausamer Wind. Morgen früh, wenn er sich gelegt hat, gehe ich zum See nach Fischen. Übrigens muß ich mir den Garten ansehen und den Platz, wo – erinnern Sie sich? – Ihr Stück gespielt wurde. In mir reift ein Motiv, ich muß nur meine Erinnerung an den Schauplatz auffrischen.

MASCHA *zum Vater:* Papa, laß meinen Mann das Pferd nehmen. Er muß nach Hause.

SCHAMRAJEW *neckend:* Das Pferd, nach Hause. *Streng:* Du hast selbst gesehen: gerade sind sie zur Station geschickt worden. Ich werde sie nicht schon wieder losjagen.

MASCHA Aber es sind doch noch andere Pferde da. *Sieht, daß der Vater schweigt, winkt mit der Hand ab.* Wer sich mit Ihnen einläßt.

MEDWEDENKO Ich werde zu Fuß gehen, Mascha. Wirklich.

POLINA *seufzend:* Zu Fuß bei diesem Wetter. *Setzt sich an den Kartentisch.* Bitte sehr, Herrschaften.

MEDWEDENKO Es sind ja nur sechs Werst. Leb wohl. *Küßt seiner Frau die Hand.* Leben Sie wohl, Mama.

*Die Schwiegermutter reicht ihm, ungern, die Hand zum Kuß.*

Ich würde ja niemand belästigen, aber das Kindchen. *Verbeugt sich vor allen.* Leben Sie wohl. *Geht ab; schuldbewußter Gang.*

SCHAMRAJEW Er wird auch so ankommen. Er ist kein General.

POLINA *klopft auf den Tisch:* Bitte, Herrschaften. Verlieren wir keine Zeit, bald ruft man zum Abendessen. *Schamrajew, Mascha und Dorn setzen sich an den Tisch.*

ARKADINA *zu Trigorin:* Wenn die langen Herbstabende beginnen, wird hier Lotto gespielt. Sehen Sie: ein altes Lotto, schon meine verstorbene Mutter hat mit uns gespielt, als wir Kinder waren. Wollen Sie nicht vor dem Abendessen eine Partie mit uns spielen? *Setzt sich mit Trigorin an den Tisch.* Ein langweiliges Spiel, aber wenn man sich daran gewöhnt, warum nicht. *Gibt allen drei Karten.*

TREPLJOW *die Zeitschrift durchblätternd:* Seine Erzählung hat er gelesen, meine nicht einmal aufgeschnitten. *Legt die Zeitschrift auf den Schreibtisch, begibt sich dann zur linken Tür; während er an der Mutter vorbeigeht, küßt er sie auf den Kopf.*

ARKADINA Und du, Kostja?

TREPLJOW Verzeih, ich mag nicht. Ich gehe spazieren. *Geht ab.*

ARKADINA Der Einsatz – zehn Kopeken. Setzen Sie für mich, Doktor.

DORN Zu Befehl. *Höflich oder ironisch gemeint.*

MASCHA Haben alle gesetzt? Ich fange an. Zweiundzwanzig.

ARKADINA Ja.

MASCHA Drei!

DORN Jawohl.

MASCHA Haben Sie drei? Acht! Einundachtzig! Zehn!

SCHAMRAJEW Nicht so eilig.

ARKADINA Wie man mich gefeiert hat in Charkow, meine Güte, jetzt noch dreht sich mir der Kopf!

MASCHA Vierunddreißig!

*Hinter der Szene wird ein melancholischer Walzer gespielt.*

ARKADINA Die Studenten machten eine Ovation, drei Körbe, zwei Kränze und dies. *Nimmt eine Brosche von der Brust und wirft sie auf den Tisch.*

SCHAMRAJEW Ja, das ist eine Sache.

MASCHA Fünfzig!

DORN Genau fünfzig?

ARKADINA Ich hatte eine wunderbare Toilette. Ja, was das Anziehn betrifft, bin ich nicht von gestern.

POLINA Kostja spielt. Er sehnt sich, der Arme.

SCHAMRAJEW In den Zeitungen tadelt man ihn sehr.

MASCHA Siebenundsiebzig!

ARKADINA Sehr freundlich, Ihre Aufmerksamkeit.

TRIGORIN Er hat kein Glück. Er kann seinen Ton nicht

finden. Etwas Seltsames, etwas Unbestimmtes, manchmal ähnlich wie ein Fieberwahn. Nicht eine lebendige Figur.

MASCHA Elf!

ARKADINA *sich zu Sorin umsehend:* Petruscha, ist es dir langweilig? *Pause.* Er schläft.

DORN Der Staatsanwalt schläft.

MASCHA Sieben! Neunzig!

TRIGORIN Wenn ich auf solchem Gut lebte, am See, würde ich dann vielleicht schreiben? Ich würde diese Leidenschaft in mir bezwingen und nichts tun als angeln.

MASCHA Achtundzwanzig!

TRIGORIN Einen Kaulbarsch oder einen Barsch zu fangen – das ist Glück!

DORN Aber ich glaube an Konstantin Gawrilowitsch. Etwas ist da! Etwas ist da! Er denkt bildhaft, seine Erzählungen sind farbig, markant, und ich bin von ihnen stark ergriffen. Schade nur, daß er sich keine bestimmten Aufgaben stellt. Er macht Eindruck und mehr nicht, und man kommt nicht weit mit einem Eindruck. Irina Nikolajewna, sind Sie froh, daß Ihr Sohn Schriftsteller ist?

ARKADINA Stellen Sie sich vor, ich habe nichts gelesen. Keine Zeit.

MASCHA Sechsundzwanzig!

*Trepljow kommt leise herein und geht an seinen Tisch.*

SCHAMRAJEW *zu Trigorin:* Bei uns, Boris Alexejewitsch, befindet sich ein Gegenstand, der Ihnen gehört.

TRIGORIN Was?

SCHAMRAJEW Einmal schoß Konstantin Gawrilowitsch eine Möwe, und Sie beauftragten mich, sie ausstopfen zu lassen.

TRIGORIN Ich erinnere mich nicht. *Nachdenkend:* Ich erinnere mich nicht!

MASCHA Sechsundsechzig! Eins!

TREPLJOW *reißt das Fenster auf, lauschend:* Wie dunkel. Ich weiß nicht, warum empfinde ich diese Unruhe.

ARKADINA Kostja, schließ das Fenster, es zieht.

*Trepljow schließt das Fenster.*

MASCHA Achtundachtzig.

TRIGORIN Meine Partie, Herrschaften.

ARKADINA *fröhlich:* Bravo, Bravo!

SCHAMRAJEW Bravo!

ARKADINA Dieser Mensch hat immer und überall Glück. *Steht auf.* Und jetzt wollen wir essen gehen. Unsere Berühmtheit hat heute nicht Mittag gegessen. Nach dem Abendbrot werden wir weiterspielen. *Zum Sohn:* Kostja, laß deine Manuskripte, wir gehen essen.

TREPLJOW Ich mag nicht, Mama, ich bin satt.

ARKADINA Wie du willst. *Weckt Sorin.* Petruscha, Abendessen. *Nimmt Schamrajews Arm.* Ich erzähle Ihnen, wie man mich in Charkow aufnahm.

*Polina Andrejewna löscht die Kerzen auf dem Tisch, dann fahren sie und Dorn den Rollstuhl hinaus. Alle gehen durch die linke Tür ab; auf der Szene bleibt allein Trepljow am Schreibtisch.*

TREPLJOW *schickt sich an zu schreiben; überfliegt das schon Geschriebene:* Ich sprach so viel von neuen Formen, aber jetzt spüre ich, daß ich selbst nach und nach in Routine abrutsche. *Liest:* »Das Plakat am Zaun lautete. Ein bleiches Gesicht, umrahmt von dunklem Haar.« Lautete, umrahmt. Das ist stümperhaft. *Streicht es durch.* Ich werde damit anfangen, wie das Rauschen des Regens den Helden weckt, und weg mit allem andern. Die Beschreibung der Mondnacht ist viel zu lang, und gesucht. Trigorin hat sich eine Manier erarbeitet, er hats leicht. Bei ihm blinkt auf dem Damm der Hals einer zerbrochenen Flasche, und schwarz hebt sich der Schatten eines Mühlrades ab – und fertig ist die Mondnacht, aber bei mir: flackerndes Licht und das ruhige Flimmern der Sterne, ferne Klaviertöne, verhallend in der stillen, aromatischen Luft. Das ist qualvoll. *Pause.* Ja, ich komme immer mehr zu der Überzeugung, daß es nicht auf alte oder neue Formen ankommt, sondern darauf, daß der Mensch schreibt, ohne an irgendwelche Formen zu denken, schreibt aus freier Seele. *Jemand klopft ans Fenster neben dem Tisch.* Was war das? *Blickt zum Fenster.* Nichts zu sehen. *Öffnet die Glastür und sieht in den Garten.* Jemand lief die Stufen hinunter. *Ruft:* Wer ist da? *Geht hinaus; es ist zu hören, wie er schnell auf die Terrasse geht, nach einer halben Minute kommt er mit Nina Saretschnaja zurück.* Nina! Nina!

*Nina legt den Kopf an seine Brust und schluchzt verhalten.*

*Gerührt:* Nina! Nina! Sie sinds. Als ob ich es geahnt habe. Den ganzen Tag hat meine Seele sich gesehnt. *Nimmt ihr Hut und Überwurf ab.* Oh meine Liebe, mein Herz. Sie ist gekommen! Nicht weinen, nicht.

NINA Ist hier jemand?

TREPLJOW Niemand.

NINA Verschließen Sie die Türen, sonst kommt man herein.

TREPLJOW Niemand kommt herein.

NINA Ich weiß, Irina Nikolajewna ist hier. Verschließen Sie die Türen.

TREPLJOW *schließt die rechte Tür mit dem Schlüssel ab, geht zur linken:* Hier ist kein Schloß. Ich versperre sie mit dem Sessel. *Stellt einen Sessel vor die Tür.* Fürchten Sie sich nicht, niemand wird hereinkommen.

NINA *blickt ihm durchdringend ins Gesicht:* Lassen Sie mich Sie ansehen. *Sieht sich um.* Es ist warm, schön. Hier war damals das Gastzimmer. Habe ich mich sehr verändert?

TREPLJOW Ja. Sie sind mager geworden, und Ihre Augen sind groß geworden. Nina, wie sonderbar, daß ich Sie sehe. Warum ließen Sie mich nicht zu sich? Warum sind Sie bis jetzt nicht gekommen? Ich weiß, Sie leben schon fast eine Woche hier. Ich ging jeden Tag ein paar Mal zu Ihnen, stand unter Ihrem Fenster, wie ein Bettler.

NINA Ich hatte Angst, daß Sie mich hassen. Ich träumte jede Nacht, daß Sie mich sehen und nicht erkennen. Wenn Sie wüßten! Seit der Ankunft ging ich immer hierher, an den See. An Ihrem Haus stand ich viele

Male und konnte mich nicht entschließen, einzutreten. Setzen wir uns.
*Sie setzen sich.*
Wir werden reden, reden. Schön ist es hier, warm, gemütlich. Hören Sie – der Wind. Bei Turgenjew gibt es eine Stelle: »Wohl dem, der in solchen Nächten unter einem Dach zu Hause sitzt, der eine warme Ecke hat.« Ich bin eine Möwe. Nein, nicht so. *Reibt sich die Stirn.* Wovon sprach ich? Ja. Turgenjew. »Möge der Herr allen obdachlosen Wanderern helfen.« Macht nichts. *Schluchzt.*

TREPLJOW Nina, schon wieder. Nina!

NINA Macht nichts, mir wird leichter davon. Ich habe schon zwei Jahre nicht mehr geweint. Gestern spät abends ging ich in den Garten, um zu sehen, ob unser Theater noch heil ist. Und es steht noch da. Ich weinte das erste Mal seit zwei Jahren, und mein Herz wurde leichter und heller. Sehen Sie, ich weine nicht mehr. *Ergreift seine Hand.* Sie sind also schon Schriftsteller geworden. Sie sind Schriftsteller – ich – Schauspielerin. Wir sind beide in den Wirbel hineingeraten... Ich lebte froh, kindlich – morgens wachst du auf und stimmst ein Lied an; ich liebte Sie, träumte vom Ruhm, und jetzt? Morgen in der Frühe fahre ich nach Jelez, in der dritten Klasse, mit Bauern. Und in Jelez werden gebildete Kaufleute mich mit ihren Komplimenten belästigen. Ein grausames Leben!

TREPLJOW Warum fahren Sie nach Jelez?

NINA Ich habe dort ein Engagement für den ganzen Winter. Morgen muß ich fahren.

TREPLJOW Nina; ich verfluchte Sie, haßte Sie, zerriß Ihre Briefe und Photographien, aber in jeder Minute wußte ich, daß mein Herz an Sie gefesselt ist auf ewig. Aufzuhören, Sie zu lieben, habe ich nicht die Kraft, Nina. Seit der Zeit, da ich Sie verlor und Schriftsteller bin, ist das Leben für mich unerträglich – ich leide. Meine Jugend war plötzlich wie abgerissen, und mir ist, als lebte ich schon neunzig Jahre auf der Welt. Ich rufe Sie, küsse die Erde, auf der Sie gegangen sind; wohin ich blickte, überall zeigte sich mir Ihr Gesicht, dieses zärtliche Lächeln, das mir in den besten Jahren meines Lebens schien.

NINA *verwirrt:* Warum spricht er so, warum spricht er so?

TREPLJOW Ich bin einsam, keine Zuneigung wärmt mich, mir ist kalt, wie in einem Keller, und was ich auch schrieb, alles ist trocken, hart, finster. Bleiben Sie hier, Nina, ich flehe Sie an, oder erlauben Sie mir, mit Ihnen zu fahren.

*Nina nimmt schnell Hut und Überwurf.*

Nina, warum? Um Gottes willen, Nina. *Sieht zu, wie sie sich anzieht; Pause.*

NINA Meine Pferde stehen am Tor. Begleiten Sie mich nicht. Ich gehe allein. *Durch Tränen:* Geben Sie mir Wasser.

TREPLJOW *gibt ihr zu trinken:* Wohin wollen Sie jetzt?

NINA In die Stadt. *Pause.* Irina Nikolajewna ist hier?

TREPLJOW Ja. Am Donnerstag ging es dem Onkel schlecht, wir telegraphierten ihr, daß sie kommt.

NINA Warum sagten Sie, daß Sie die Erde küßten, auf der ich ging? Man müßte mich totschlagen. *Beugt sich zum Tisch.* Ich bin so müde! Ausruhen möchte ich – ausruhen! *Hebt den Kopf.* Ich bin eine Möwe. Nein. Ich bin eine Schauspielerin. Nun, ja!

*Zu hören ist das Lachen der Arkadina und Trigorins, horcht, dann läuft sie zur linken Tür und sieht durchs Schlüsselloch.*

Er ist auch hier ... *Zu Trepljow zurückgehend:* Nun, ja. Macht nichts. Ja. Er glaubte nicht ans Theater, er lachte meine Träume aus, und nach und nach hörte auch ich auf zu glauben und ließ den Mut sinken. Und dann die Liebesqualen, die Eifersucht, die ewige Angst um das Kleine. Ich wurde kleinlich, unansehnlich, spielte stumpf. Ich wußte nicht, was mit den Händen machen, konnte nicht stehen auf der Bühne, beherrschte die Stimme nicht. Sie verstehen diesen Zustand nicht, wenn man fühlt, man spielt schrecklich. Ich bin eine Möwe.

Nein, nicht das. Wissen Sie noch, Sie schossen eine Möwe. Zufällig kam ein Mann, sah sie und aus Langeweile richtet er sie zugrunde. Ein Sujet für eine kleine Erzählung. Nicht mehr. *Reibt sich die Stirn.* Wovon sprach ich? Ich spreche von der Bühne. Zwar jetzt bin ich nicht ... Ich bin eine wirkliche Schauspielerin, ich spiele mit Genuß, mit Begeisterung, berausche mich auf der Bühne und fühle mich schön. Aber jetzt, während ich hier lebe, gehe ich herum, gehe und denke, denke und fühle, wie mit jedem Tag meine Kräfte wachsen. Ich weiß und verstehe jetzt, Kostja, daß in unserm Beruf – ganz gleich, ob wir auf der Bühne spielen oder schreiben – die Hauptsache nicht der Ruhm ist, nicht der Glanz, nicht das, wovon ich träumte, sondern die Fähigkeit zu leiden. Lerne dein Kreuz tragen und glaube. Ich glaube und fühle den Schmerz nicht so, und wenn ich an meine Berufung denke, fürchte ich das Leben nicht.

TREPLJOW *traurig:* Sie haben Ihren Weg gefunden, Sie wissen, wohin Sie gehen, aber ich irre immer noch im Chaos von Träumen und Gestalten, nicht wissend, wozu und für wen. Ich glaube nicht und weiß nicht, was meine Berufung ist.

NINA *horchend:* Tss. Ich gehe. Leben Sie wohl. Wenn ich eine große Schauspielerin werde, kommen Sie und schauen Sie mich an. Versprechen Sie es? Aber jetzt ... *Drückt seine Hand.* Es ist schon spät. Ich stehe kaum noch auf den Füßen. Ich bin müde, ich muß essen.

TREPLJOW Bleiben Sie, ich bringe Ihnen Essen.

NINA Nein, nein. Begleiten Sie mich nicht, ich gehe allein. Meine Pferde sind nicht weit. Sie hat ihn also mitgebracht? Warum nicht, einerlei. Wenn Sie Trigorin sehen, sagen Sie ihm nichts. Ich liebe ihn. Ich liebe ihn sogar noch heftiger als früher. Ein Sujet für eine kleine Erzählung. Ich liebe, liebe leidenschaftlich, bis zur Verzweiflung liebe ich. Früher war es schön, Kostja? Erinnern Sie sich? Was für ein helles warmes, frohes, reines Leben, was für Gefühle – Gefühle, zarten, feinen Blüten gleich. Erinnern Sie sich? *Deklamiert:* »Menschen,

Löwen, Adler und Rebhühner, gehörnte Hirsche, Gänse, Spinnen, schweigende Fische, im Wasser wohnend, Seesterne und was kein Auge gesehen hat – mit einem Wort, alles Leben, alles Leben, alles Leben, den traurigen Kreis vollendend, erlosch. Schon Tausende von Jahren, seit die Erde nicht ein einziges lebendes Wesen trägt, und dieser arme Mond vergebens seine Laterne anzündet. Auf der Wiese erwachen nicht mehr mit einem Schrei die Kraniche, in den Lindenwäldchen hört man keine Maikäfer mehr.« *Umarmt Trepljow stürmisch und läuft durch die Glastür.*

TREPLJOW *nach einer Pause:* Schlecht, wenn jemand sie im Garten trifft und sagt es Mama. Das kann Mama kränken.

*In den folgenden zwei Minuten zerreißt er schweigend alle seine Manuskripte und wirft sie unter den Tisch, dann schließt er die rechte Tür auf und geht hinaus.*

DORN *bemüht sich, die linke Tür zu öffnen:* Seltsam. Als ob die Tür verschlossen ist. *Kommt herein und stellt den Sessel an seinen Platz.* Ein Hindernisrennen.

*Es kommen herein Arkadina, Polina Andrejewna, nach ihnen Jakow mit Flaschen und Mascha, dann Schamrajew und Trigorin.*

ARKADINA Den Rotwein und das Bier für Boris Alexejewitsch stellen Sie hierher, auf den Tisch. Wir werden spielen und trinken. Setzen Sie sich, Herrschaften.

POLINA *zu Jakow:* Bring auch gleich den Tee. *Zündet die Kerzen an, setzt sich an den Spieltisch.*

SCHAMRAJEW *führt Trigorin zum Schrank:* Da ist das Ding, von dem ich vorhin sprach. *Nimmt aus dem Schrank den Balg der Möwe.* Ihre Bestellung.

TRIGORIN *die Möwe betrachtend:* Ich erinnere mich nicht! *Nachdenkend:* Ich erinnere mich nicht!

*Rechts hinter der Bühne ein Schuß; alle zucken zusammen.*

ARKADINA *erschrocken:* Was war das?

DORN Nichts. In meiner Reiseapotheke muß etwas geplatzt sein. Machen Sie sich keine Sorgen. *Geht durch die rechte Tür ab, nach einer halben Minute kommt er zurück.* So ist es. Ein Fläschchen Äther ist geplatzt. *Singt leise vor sich hin:*

Ich stehe neu vor dir, bezaubert wieder.

ARKADINA *setzt sich an den Tisch:* Pfui. Ich bin erschrokken. Das erinnert mich daran, wie ... *Bedeckt das Gesicht mit den Händen.* Mir wurde ganz dunkel vor den Augen.

DORN *in einer Zeitschrift blätternd, zu Trigorin:* Vor zwei Monaten war hier ein Artikel abgedruckt. Ein Brief aus Amerika, und ich wollte Sie fragen, unter anderem, *faßt Trigorin um die Taille und führt ihn an die Rampe,* da mich diese Frage sehr interessiert. *Mit tiefem Ton, halblaut:* Führen Sie Irina Nikolajewna irgendwohin fort von hier. Die Sache ist die, Konstantin Gawrilowitsch hat sich erschossen ...

Alexander Suchowo-Kobylin
TARELKINS TOD
(Originaltitel: »Smert' Tarelkina«)

Farce in drei Teilen

Mitarbeit Ginka Tscholakowa

PERSONEN

Maxim Kusmitsch Warrawin / Hauptmann Polutatarinow, *Militärmantel, grüne Brille und Krückstock* (eine Person)
Candide Kastorowitsch Tarelkin / Ssila Ssilytsch Kopylow (eine Person)
Antioch Elpidiforowitsch Och, *Polizeikommissar* / Iwan Antonowitsch Raspljujew, *übt die Funktion des Quartalsaufsehers aus. Er ist etwas beleibter geworden und hat eine gewisse Respektabilität erlangt* / Tschibissow, *Beamter* / Ibissow, *Beamter* / Omega, *Beamter* / Flegont Jegorytsch Popugaitschikow, *Kaufmann* / Tschwankin, *Gutsbesitzer* / Christian Christianowitsch Möglich, *Arzt* / Ljudmila Spiridonowna Brandachlystowa, *Wäscherin. Ein kolossales Weib an die Vierzig* / Mawruscha, *Köchin* / Pachomow, *Hauswart* / Katschala / Schatala, *Musketiere von reckenhaften Ausmaßen* / Wanitschka, *Raspljujews Sohn, Schreiber* / Gläubiger Tarelkins: 1. Gläubiger, 2. Gläubiger, *hitzige Charaktere*, 3. Gläubiger, *ein blutegelähnlicher Mensch, ränkesüchtig*, 4. Gläubiger, *eine robuste Natur, mit langem Schnurrbart und krokodilförmigem Körper*. Dazu Gläubiger ad libitum. *Sie alle tragen die allerphantastischsten Pelze und Mäntel* / Beamte / Kinder der Brandachlystowa

I

*Zimmer: in der Mitte eine Tür zur Diele, eine Tür in die Küche und auf die Hintertreppe, ein Bett hinter einem Wandschirm: Unordnung.*
*Tarelkin tritt ein, einige Sachen mit sich tragend. Er scheint sehr beschäftigt. Er stellt die Möbel um.*

1
*Tarelkin allein.*

TARELKIN Beschlossen. Ich will nicht leben. Die Not hat mich angenagt, die Gläubiger haben mich geschunden, die Vorgesetzten haben mich ins Grab gehetzt. Ich sterbe. Aber nicht, wie jeder Gaul stirbt, einfallslos nach den Gesetzen der Natur. Nein, ich sterbe gegen das Gesetz und gegen die Natur. Ich sterbe mir selbst zum Genuß und Vergnügen. Ich sterbe so, wie noch niemand gestorben ist! Was ist das, der Tod? – Das Ende der Leiden, also das Ende meiner Leiden. Was ist das, der Tod? ... Die letzte Abrechnung. Ich habe abgerechnet, meine Schulden getilgt, bin quitt mit den Gönnern, von den Freunden frei. Eine Gelegenheit! In der Wohnung leben zwei; Tarelkin und Kopylow! Tarelkin hat Schulden, Kopylow hat keine Schulden. Das Schicksal spricht: stirb, Kopylow! Lebe, Tarelkin! – Warum denn sag ich Schicksal; ein Gänschen bist du, Schicksal. – Besser: stirb, Tarelkin! Und: glücklicher Kopylow, lebe! *Denkt nach.* Beschlossen. Gestorben ist Tarelkin! Nieder mit dem alten Plunder! *Reißt sich die Perücke ab.* Nieder mit der ganzen Fälschung. Gebt mir Natur! Es lebe die Natur! *Nimmt sich das Gebiß aus dem Munde und zieht Kopylows Mantel an.* So! So! *Geht weiter nach hinten, klebt sich ein Paar Koteletten an die Wangen, krümmt sich zu einem Greis von 60 Jahren und kommt wieder nach vorn.* Habe die Ehre, mich vorzustellen: der abgehalfterte Hofrat Ssila Ssilitsch Kopylow. Und da sind auch die Papiere. *Zeigt auf den Ausweis:* Ledig. Keine Verwandten, keine Kinder; Familie haben wir nicht.

Niemandem etwas schuldig – will von niemandem etwas wissen! Mein eigener Herr! Hier mein Quartier, mein Eigentum. O ihr, lebt wohl alle! Lebt wohl, meine Chefs, ihr brüllenden Bestien, lebt wohl, Judasse, Kameraden. Meine Freunde Totengräber, Verräter, lebt wohl! Gläubiger, Ausbeuter, Krokodile, Blutegel – lebt wohl! Tarelkin gibt es nicht mehr. – Ein andrer Lebensweg, andre Begierden, andere Welten, anderer Himmel. *Läuft durchs Zimmer.* Von der Theorie gehe ich zur Praxis über. Ich komme soeben aus Schlüsselburg. Kopylows irdisches Gebein habe ich begraben, den Fall abgewickelt, die Papiere in der Hand, das ist erledigt. Hier in Petersburg muß ich jetzt meinen eignen, offiziellen, unzweifelhaften Tod auf die Beine stellen. Zu diesem Zweck ist die Polizei verständigt, die Kollegen sind eingeladen, die Fenster verhängt; im Zimmer herrscht geheimnisvolles Dunkel, Schwüle, unerträglicher Gestank. Im Sarg liegt meine Puppe, mit Watte ausgestopft, in meiner Uniform, wirklich ganz hübsch, ganz Seriosität und Würde. Aber: gegen neugierige Augen braucht es mehr Gestank. *Gutgelaunt, schreit:* Mawruscha! Räuberin, wo bist du?

2

*Tarelkin, Mawruscha tritt ein.*

MAWRUSCHA Was ist?

TARELKIN Verstehst du auch, teure Freundin Mawruscha, was für ein unsterbliches Kunststück ich spiele?

MAWRUSCHA Was.

TARELKIN Nein. Nie wird deine finnische Gehirnmasse diesen Gipfel fassen. Geh und kauf noch mehr faule Fische.

MAWRUSCHA Mehr! Ist das zu wenig?

TARELKIN Jawohl – es genügt nicht – geh!

*Mawruscha ab.*

*Ihr nach:* Geh schneller!

3

*Tarelkin allein.*

TARELKIN *geht auf und ab:* Das ist es. Ja. Von diesem Fisch muß man soviel in meine Puppe stopfen, daß es ihnen wie ein Beil auf die Nase schlägt. Nein! *Überlegt.* Das ist noch zu wenig. Ich will, daß die Behörde mich auf ihre höchst eigenen Kosten beerdigt! Ich will, daß dieser unsterbliche Tod mich keinen Kupfergroschen kostet. Und so wird es sein. Alles läuft wie geölt – man muß nur arrangieren. – Mawruscha kennt ihre Lektion. Seit einem Monat befindet sich Warrawins gesamte intimste Korrespondenz hier unter meinem Gehrock. Er hat sie schon vermißt, er sucht, schäumt gegen mich. Auf die erste Nachricht wird er hier erscheinen und in aller Wut meine Grablegung beschleunigen, damit er auf der Stelle meine Wohnung fleddern kann. Ha, ha, ha, ha. Aaaa! Schinder! Lebend hast du mich ins Grab gehetzt, mich ausgehungert. Keine Gnade für dich! Wir kämpfen auf den Tod. Mit Blut, mit deinem eignen Blut wirst du diese Briefe bezahlen. Oder nein. Mit deinem Geld, mit geklautem Geld, das dir teurer ist als Frau, Kinder und du selbst. Dieses Geld will ich sanft und mit Genuß – Rubel auf Rubel, Bündel auf Bündel unter schrecklichen Qualen aus dir herausziehn. Und ich selbst werde mich niederlassen an einem sicheren Platz, und lachen werde ich, und süß werde ich lachen, wenn du dich krümmst und windest in diesen Qualen. Gott! Welch unendliche Süßigkeit ist in der Rache. Welch ein Balsam auf fiebernde Wunden. *Zieht unter der Weste ein Päckchen Briefe hervor.* Hier sind sie; diese Briefe, auf dem Herzen liegen sie, wärmen es. Mein Fleisch und Blut sind sie. – Warrawins beste Bosheit, Warrawins gesammeltes Gift ist in ihnen: ein Bukett, das man dem Satan selbst darbringen könnte in Liebe und Verehrung. *Versteckt das Päckchen behutsam unter der Weste und knöpft sie zu.*

4

*Tarelkin. – Mawruscha tritt ein.*

TARELKIN *geht ihr entgegen:* Schneller, schneller, Mawruscha, sie sind gleich hier. Zeit ist teuer. *Greift einen Fisch und hält sich die Nase zu.* Aeäh, Teufel! *Geht ab.*

5

*Mawruscha allein, darauf Tarelkin.*

MAWRUSCHA Schau, der Teufel, was er ausgedacht hat. Hilf, sagt er mir, und am Ende wird er mich anschmieren. Als Gauner ist er schon geboren! *Räumt das Zimmer auf.*

TARELKIN *kommt zurück:* Jetzt paß auf, Alte, damit du nicht vorbeilügst: sprich wenig, sitz einfach da, jammre und leire das eine: nichts ist geblieben, ehrlich hat er gelebt, arm ist er gestorben! Verstehst du? Geld ist keins da, nichts, ihn zu begraben, und zu faulen fängt er auch schon an: seht, was für ein Gestank, was soll man machen? Und mit den Händen so. *Gestikuliert. Mawruscha äfft ihn nach.* So! *Überlegt.* Und dem Warrawin sagst du: die Polizei wird kommen, wird den Nachlaß wegnehmen. Papiere sind geblieben, wegnehmen wird man sie, nicht gut, verstanden?

MAWRUSCHA Verstanden, Herr, verstanden.

TARELKIN Na, geh.

*Man hört ein Geräusch.*

Sie kommen. *Fast zaghaft:* Also. *Mit Entschlossenheit:* Wenn der Gestank sie gepackt hat, führst du sie gleich hierher, damit sie nicht unnütz um den Sarg herumstehn. Verstanden?

MAWRUSCHA Verstanden, Herr, verstanden.

6

*Tarelkin allein.*

TARELKIN *versteckt sich hinter dem Wandschirm:* Sie sind da, *horcht,* na dann ... es sind viele ... sie reden,

*horcht,* lärmen. *Horcht.* Was ist das? Himmlischer Vater. *Aufgeregt:* Was ist das? Entdeckt! Entdeckt!
*Man hört Mawruschas Geheul.*
Mein Gott, wir sind verloren. *Versteckt sich hinter dem Schirm.*

7

*Warrawin, hinter ihm her ein Haufen Beamte, Mawruscha.*

MAWRUSCHA *heult im Litaneiton:* Hierher, meine Väter, hierher. Och, och, och.

WARRAWIN *bleibt an der Schwelle stehen:* Teufel, was für ein Gestank.

DIE BEAMTEN *kommen herein, halten sich die Nase zu, ziehen die Galoschen aus:* Nicht auszuhalten.

TSCHIBISSOW Keine Minute!

MAWRUSCHA *jammert:* Hierher bitte, teure Väter, hierher die Herrn. Och.

WARRAWIN Ja, woher kommt dieser durchschlagende Gestank?

MAWRUSCHA *dasselbe Spiel:* Väterchen, wie soll es keinen Gestank geben. Gestorben, arm, oooch. Sarg gekauft, nichts zum Begraben. Und so stinkt er, das Täubchen.

WARRAWIN Sollte wirklich nichts geblieben sein, und zum Begraben nichts.

MAWRUSCHA *dasselbe Spiel:* Nichts, Väterchen, gar nichts. Polizei wird kommen, alles wegnehmen, Papiere wegnehmen, und was für Papiere, er selbst, alles versteckt. Och.

WARRAWIN *hastig:* Ah, es gibt Papiere.

MAWRUSCHA Es gibt, Herzblatt, es gibt.

WARRAWIN Zeig her.

MAWRUSCHA Wann soll man zeigen. Kann man jetzt zeigen. Begraben muß man. Er stinkt, das Täubchen, stinkt.

WARRAWIN *beiseite:* In der Tat, begraben. Geheimste Papiere sind mir verschwunden, also geklaut, von wem geklaut? Von ihm! Und plötzlich: gestorben. Hier ist noch eine andre Schweinerei im Busch. Nichts zu machen. Begraben wir ihn also – und dann aufstöbern, um jeden Preis diese Papiere aufstöbern. *Wendet sich zu den Beamten.* Herrschaften, was soll man tun? Sie sehen, fast ein Skandal, kein Geld zum Begraben, man wird es noch in der Stadt erfahren, man wird sagen: er ist vor Hunger gestorben, die Kollegen haben ihn im Stich gelassen, die Behörde hat sich nicht gekümmert, das ist nicht gut. Sogar das Publikum wird das nicht gutheißen.

DIE BEAMTEN Ja, ja, sogar das Publikum.

WARRAWIN Also hören Sie, Herrschaften. Tun wir ein christliches Werk; helfen wir dem Kameraden, wie. Sogar unsre Behörde wird das gern sehn. Heutzutage ist das Gemeine ja im Schwang. Und vom philosophischen Standpunkt: was ist eine Gemeinde andres als eine Gemeinheit?

TSCHIBISSOW Jawohl, Herrschaften, Exzellenz haben recht. Das beweisen auch die Zeitungen: eine Gemeinde ist eine Gemeinheit, und eine Gemeinheit ist eine Gemeinde.

DIE BEAMTEN Ja, ja, so ist es.

TSCHIBISSOW *feierlich:* Also: Gemeinheit, Gemeinde! Brüderlichkeit! *Steuert nach dem Ausgang, sucht seine Galoschen.*

IBISSOW *derselbe Ton:* Ja, so ist es! Gott liebt den Freigebigen. *Zeigt mit dem Finger zum Himmel, steuert zum Ausgang: dasselbe Spiel.*

DRITTER BEAMTER Wunderschön. Schön. Menschlich. Aus gemeinsamem Herzen! *Dasselbe Spiel.*

VIERTER BEAMTER Von jedem ein Fädchen – den Armen ein Hemd. *Dasselbe Spiel. – Es beginnt eine Flucht.*

WARRAWIN *schließt die Tür und hält die Beamten zurück:* Herrschaften, was denn. Warten Sie. Nicht so! Nein, nicht so. *Greift Tschibissow und Ibissow an den Händen und führt sie, mit den anderen Beamten, nach vorn.* Meine Herren, hören Sie auf mich, wir sind doch eine Familie, nicht wahr? *Schüttelt sie kräftig an den Händen.* Wir sind eine Familie?

TSCHIBISSOW UND IBISSOW *zappelnd vor Schmerz:* Ja! ja! Wir sind eine Familie!

WARRAWIN Unser Bruder ist in Not. *Schüttelt sie an den Händen.* Wir sind mitfühlende Menschen?

TSCHIBISSOW UND IBISSOW *springen und winden sich vor Schmerz:* Ja, ja, zum Teufel, wir sind fühlende Menschen.

WARRAWIN Also: Lassen wir die Herzen sprechen.

TSCHIBISSOW UND IBISSOW *indem sie sich von ihm losreißen:* Ja, ja, die Herzen sprechen.

*Alles flüchtet.*

WARRAWIN *fängt sie wieder ein:* Nein, nein, nicht so, nicht so. *Beiseite:* Diese Schlammteufel, sie geben nicht nach! *Laut:* Erlauben Sie, meine Herren, wir wollen das so arrangieren.

*Versammelt die Beamten um sich herum.*

Sie sind bereit zu einer guten Tat?

DIE BEAMTEN Bereit, bereit.

WARRAWIN Und zu einer guten Tat nehmen Sie bereitwillig Geld von einem andern, das heißt aus einer fremden Tasche?

DIE BEAMTEN Aus einer fremden Tasche? Gern, sehr gern.

WARRAWIN *mit Innigkeit:* Also: nehmen Sie jetzt jeder den andern sanft am Kragen.

*Die Beamten nehmen jeder den andern am Kragen.*

So, gut. *Arrangiert sie paarweise.*

OMEGA *herantrippelnd:* Euer Exzellenz! Ich habe niemand am Kragen zu nehmen.

WARRAWIN Nehmen Sie sich selber.

OMEGA *verbeugt sich:* Zu Befehl. *Geht zurück und packt sich selber am Kragen.*

WARRAWIN *betrachtet die Beamten:* Gut, meine Herren, sehr gut. *Mit Innigkeit:* Jetzt nehmen Sie jeder dem andern die Brieftasche.

*Lärm und Handgemenge, die Beamten entreißen sich gegenseitig die Brieftaschen.*

*Sonnt sich in dem Anblick.* Wundervoll! Brüderlich! Das ist wahre Gemeinsamkeit. Nun, zählen Sie jetzt jeder drei Rubel ab, aber nicht mehr als drei Rubel! Nicht mehr!

DIE BEAMTEN *schreiend:* Herrschaften, drei Rubel. Nicht mehr, nicht mehr!

*Das Geld wird abgezählt.*

*Warrawin empfängt es und tritt an die Rampe.*

WARRAWIN *zum Publikum:* Welch eine Wärme, welche Glut. Man muß sie sogar noch dämpfen. *Gerührt:* Diese Wohltätigkeiten rühren mich jedesmal tief. *Zu den Beamten:* Jetzt, Herrschaften, geben Sie die Brieftaschen zurück.

*Die Beamten geben die Brieftaschen zurück.*

So ist es. Ich danke Ihnen. Lassen Sie mich Ihnen mit dem Herzen Dank sagen. Sie haben ein wunderbares Werk getan, Sie haben ein gutes Werk getan. Der Bruder stirbt in Armut, und Sie aus freien Stücken. Ich – ich danke Ihnen! Ich bin gerührt, ich weine, weinen Sie auch!

*Alle weinen.*

Umarmen Sie sich.

*Jeder umarmt den andern.*

OMEGA *trippelt an Warrawin heran:* Euer Exzellenz! Ich habe niemand zu umarmen.

WARRAWIN *sich eine Träne abwischend:* Umarmen Sie die. *Zeigt auf Mawruscha.*

*Omega umarmt Mawruscha.*

MAWRUSCHA Was willst du, Schamloser, Satan. Was. Bleib mir vom Leib.

WARRAWIN *zu Mawruscha:* Tritt heran, du arme Frau! Bist du eine Waise?

MAWRUSCHA *plärrend:* Ja, Väterchen, eine Waise, Herr. Eine volle Waise.

WARRAWIN Du bist allein geblieben? *Legt dabei das Geld in die Brieftasche.*

MAWRUSCHA Allein, Väterchen, allein wie ein Fingerchen, ganz allein. *Schiebt ihre Hand vor, um Geld zu bekommen.*

WARRAWIN *steckt die Brieftasche ein:* Wisse, meine Freundin, es gibt gute Menschen, *zeigt nach oben,* und den Himmel! *Zu den Beamten mit Gefühl:* Gehn wir, meine Herren, gehn wir. Begraben wir Tarelkin.

DIE BEAMTEN *treten alle gutgelaunt zu Mawruscha und klopfen ihr auf die Schulter:* Jawohl, gute Menschen und den Himmel.

*Sie gehen ab.*

8

*Mawruscha steht unbeweglich. Tarelkin läuft hinterm Schirm hervor.*

TARELKIN *stürzt sich auf Mawruscha und umarmt sie:* Jawohl, Mawruscha, es gibt gute Menschen und den Himmel!

MAWRUSCHA *sich von ihm losreißend:* Bleibt mir vom Leib, ihr alle. Bin ich eure Trine, was?

TARELKIN *freudig:* Gut, Mawruscha, gut, außerordentlich gut! Hurra! Ein Berg vom Rücken. Mein Jahrhundert lang werd ich deine Dienste nicht vergessen.

MAWRUSCHA *zweifelnd:* Ausschmieren werden Sie mich!

TARELKIN Eh, eh, ich schmier dich nicht aus. *Geht im Zimmer auf und ab und überlegt.* Jetzt wird Warrawin Schluß machen in einem Nu. Eine Blitzbeerdigung wird er veranstalten. Er ist scharf auf die Papiere, und du führ ihn an der Nase. Kipp nicht zu schnell um. Aber dann gib sie heraus ... Zum Teufel damit, sie sind keinen Groschen wert; die ertragreichen hab ich beiseite gebracht. Und darum schwöre ihm bei Tod und Leben, daß es außer diesen Papieren keine Papiere gab. Ich weiß das, sagst du, ganz sicher, kapiert?

MAWRUSCHA Ich höre.

TARELKIN Jetzt geh. Und leg noch ein paar Fischchen unter.

*Mawruscha geht ab.*

9

*Tarelkin allein.*

TARELKIN Was sind meine nächsten Schritte? – Welchen Weg soll ich gehn? Wo baue ich mein Nest? Wie lange muß ich warten, wie muß ich losschlagen? Mit welchem Handgriff zieht man aus Warrawin Geld? *Fröhlich:* In was für Bündeln, in großen oder in kleinen? Wie? Also ich denke, zuerst einmal in kleinen, und dann – pumpen, pumpen! Ha, ha, ha! *Lärm. Er versteckt sich hinter dem Schirm.*

10

*Warrawin tritt ein, Tarelkin hinter dem Schirm.*

WARRAWIN *im Nachdenken versunken:* Er ist tot! Er ist unzweifelhaft tot, er stinkt schon! Keine Nachricht konnte mir mehr Freude bereiten, was sage ich, mehr Wonne.

TARELKIN *hinter dem Wandschirm, beiseite:* Soso.

WARRAWIN Als ob ein Berg aus Dreck, Müll und Aas mir vom Rücken gewälzt ist.

TARELKIN *beiseite:* Merci.

WARRAWIN Als ob nach langen Jahren Durst ich endlich wieder klares, kaltes Quellwasser getrunken hätte. Das allerunnützeste und unruhigste Ungeziefer ist in sein Loch zurückgekrochen.

TARELKIN *beiseite:* So? Das genügt, wie!

WARRAWIN Die allerekelhafteste Kröte ist wieder in ihrem Pfuhl, die schädlichste und giftigste Bestie hat ihren Lebenskreis ausgekrochen und ist gestolpert und krepiert an dem vom Schicksal bezeichneten Punkt. Gestorben! Die verjauchteste Seele ist aufgeflogen aus dem verstunkensten Körper. Wie soll er nicht stinken, meiner Ansicht nach stinkt er noch viel zu wenig, es sollte mehr sein ...

TARELKIN *beiseite:* Danke, ich hab es nicht erwartet. Welch ein Nachruf. Aber nein! Warte, auch ich werde das Meine sagen.

WARRAWIN Alles ist fertig, alles befohlen, alles bestellt: Kutscher, Leichenwagen, Grab. Ich habe die Grube vier Meter tief ausschaufeln lassen. Hinein mit ihm und dann: Schwamm drüber!

TARELKIN Schwamm drüber? Oi! Das werden wir sehn.

*Er improvisiert:*

Warrawin ist ein General
Tarelkin ist ein Todesfall
Bald schlägt die Leiche, wie fatal!
Aus Generalchen Kapital.

WARRAWIN *ruft:* He, du! Wo bist du? He, Frau!

11

*Warrawin, Mawruscha tritt ein, Tarelkin hinter dem Wandschirm.*

WARRAWIN Komm her, dummes Weib.

MAWRUSCHA *tritt näher:* Jawohl, Väterchen.

WARRAWIN Weißt du, wer ich bin?

MAWRUSCHA Ich weiß nicht, Väterchen.

WARRAWIN Ich bin General.

MAWRUSCHA Sehr wohl, Väterchen Exzellenz.

WARRAWIN Weißt du auch, was ein General ist?

MAWRUSCHA Nein, Väterchen Exzellenz.

WARRAWIN General heißt, daß ich dich nehmen kann und in einem Mörser zerstampfen.

MAWRUSCHA *fällt auf die Knie:* Gnade, Väterchen Exzellenz.

WARRAWIN Zeig sofort: wo sind seine Papiere?

MAWRUSCHA Bitte schön, Euer Exzellenz – alles, was Sie wollen –, alles zeig ich.

*Beide ab.*

12

*Tarelkin tritt hinter dem Schirm hervor.*

TARELKIN Such – sich regen bringt Segen. Such – such, ha, ha, ha! *Geht händereibend auf und ab.* Bei mir ist mein

Schatz! *Schlägt sich an die Brust.* Untrennbar, unzweifelhaft, unvergänglich. *Stille. Horcht.* Ah! Sie kommen. *Läuft hinter den Schirm.*

13

*Warrawin und Mawruscha treten ein.*

WARRAWIN Nichts, nichts, nichts! Unfaßlich! Wobei ich doch weiß, ganz positiv weiß, daß unbedingt er sie mir geklaut hat, diese Papiere! Einmal hat er sogar mit sonderbarer Frechheit darauf angespielt! »Manches taugt vielleicht«, sagte er, »zum Beheizen der zukünftigen Wohnung – ha!« Das war ein Gauner. Ihn auseinandernehmen bei lebendigem Leib, wäre zu wenig.

14

*Warrawin. Raspljujew tritt schnell ein, Schatala und Katschala postieren sich hinter ihm an der Tür.*

RASPLJUJEW Habe die Ehre, mich Exzellenz zu melden. Was steht zu Befehl?

WARRAWIN Wer sind Sie?

RASPLJUJEW Diensthabender Revieraufseher Iwan Raspljujew.

WARRAWIN Warum sind keine Maßnahmen getroffen, das Eigentum des Verstorbenen in Verwahrung zu nehmen?

RASPLJUJEW Alle Maßnahmen getroffen.

WARRAWIN Welche?

RASPLJUJEW Im Hof ist ein Wachtposten aufgestellt, zwei Polizeisoldaten, zwei zuverlässige, meine Person hier, in vollem Einsatz. Alles ist intakt. Geruhen, sich nicht zu beunruhigen.

WARRAWIN Passen Sie auf. Das ist Ihre Verantwortung.

RASPLJUJEW Die strengsten Maßnahmen sind ergriffen! Belieben Sie zu sehen. Da, *zeigt auf die Tür*, hat einer von den Zuverlässigen nach dem Eigentum des Verstorbenen die Hand ausgestreckt, und also hab ich ihm derartig draufgehaun, daß er jetzt noch mit aufgehobener Pfote herumläuft. Belieben Sie nachzusehen. *Zeigt.*

WARRAWIN Aber die Bedienerin beklagt sich, daß man den Nachlaß geplündert hat. Verschwunden sind, sagt sie, die Papiere des Verstorbenen.

RASPLJUJEW Sie lügt. Erlauben Sie zu verhören?

WARRAWIN Verhöre.

RASPLJUJEW *zu Mawruscha:* Was für Papiere sind verschwunden? Was für ein Eigentum hat man geplündert? Sprich!

MAWRUSCHA Papiere, Väterchen, Papiere, grade die, was Exzellenz schreibt, gerade die.
*Warrawin geht nachdenklich beiseite.*

RASPLJUJEW Komm her!
*Er führt Mawruscha auf die entgegengesetzte Bühnenseite und hält ihr seine Faust direkt unter die Nase.*
Wieviel Zähne sind dir geblieben. Sag schnell, wieviel, alte Vettel, ich zähl nach.

MAWRUSCHA *laut:* Ich weiß nicht, Väterchen, ich weiß nicht; ich hab es nur gesagt, mit keinem Auge gesehn, mit keinem Ohr gehört.

RASPLJUJEW Belieben Sie zu sehen, Euer Exzellenz, nichts, sagt sie, hat sie gesehn, nichts gehört. Das ist einmal so ein Volk. Lügt ohne Maß; aber wenn man die Schraube anzieht, singt es andere Noten.

WARRAWIN *nachdenklich:* Merkwürdig. Nun veranlassen Sie das Nötige; tragen Sie den Körper weg, und schnell. Wozu ihn lange aufheben.

RASPLJUJEW In der Minute, Exzellenz, wir tragen! *Zu den Polizeisoldaten:* He, Musketiere, schleppt ihn ab!
*Schatala, Katschala und hinter ihnen Raspljujew schnell ab.*

15

*Warrawin, dann Tarelkin.*

WARRAWIN *im Nachdenken:* Aber wo, wo können sie untergetaucht sein? Ich verliere den Kopf, ich erwarte alles, alle verdächtige ich. Davor zittere ich: vielleicht hat er sie einfach im eingeschriebenen Brief abgeschickt an den Minister. Hm.

TARELKIN *tritt hinter dem Schirm hervor und spricht mit verstellter Stimme:* Sie belieben zu trauern, Exzellenz? Sie haben den Untergebenen verloren und spüren den Verlust!

WARRAWIN Jawohl; einen Freund, einen Kollegen habe ich verloren. Haben Sie ihn gekannt?

TARELKIN Gekannt, als Nachbar. Sie belieben etwas zu suchen?

WARRAWIN Ja. Dieses und jenes. Formalitäten.

TARELKIN Gewiß. Im Leben kann man alles gebrauchen. Nun, haben Sies gefunden?

WARRAWIN Nein. Nicht zu finden.

TARELKIN Sehr bedauerlich. Aber es kommt vor. Manches scheint nah und ist weit, manches weit und ist nah. *Klopft sich an die Brust. Beiseite:* Was, Krokodil? Auf meiner Straße ist Feiertag.

WARRAWIN Wie meinen Sie?

TARELKIN Ich meine, Euer Exzellenz, es kommt vor: das Auge sieht, aber der Zahn faßt es nicht, und dann wieder: der Zahn faßt, aber das Auge sieht es nicht.

*Lärm. Schatala und Katschala tragen im Hintergrund den Sarg.*

Ach, da trägt man ihn also hinaus. Erlauben Exzellenz einem alten Bekannten ein Abschiedswort?

WARRAWIN Bitte sehr.

TARELKIN *feierlich:* Organe der Ordnung, bleibt stehen.

*Die Gerichtssoldaten bleiben stehen.*

Sehr geehrte Herren. Euer Exzellenz! Also: Tarelkin ist nicht mehr. Der totenstille Rachen des Grabes öffnete vor uns seinen schwarzen Schlund und in ihm verschwand Tarelkin! Er verschwand, er zerfiel, er verflüchtigte sich, er ist nicht mehr. Und was steht vor uns? – Ein hohler Sarg, nichts weiter. Ein großes Rätsel. Ein unfaßliches Geschehen! An Euch richte ich mein Wort, Ihr Überklugen dieser Welt, Ihr Entdecker unsichtbarer Welten und Berechner unberechenbarer Sterne. Sagt uns: wo ist Tarelkin? Hm. *Er hebt seinen Zeigefinger.* Da steckt es! Jawohl, verehrte Zuhörer, trauern wir im Geiste um Tarelkin: Es gibt nicht mehr den flammenden Zeitgenossen, es gibt nicht mehr den Schrittmacher des Vortrupps. Immer und überall war Tarelkin vorn. Kaum hört er, sagen wir, das Geräusch von Reformen oder den Aufprall der Späne, wenn gehobelt wird, schon steht er da und schreit: vorwärts! Trug man das Banner, schritt Tarelkin vor dem Banner, rief man den Fortschritt aus, stand er auf und schritt vor dem Fortschritt, so daß Tarelkin vorn war und der Fortschritt hinten! – Als die Frauen-Emanzipation kam, weinte Tarelkin, daß er keine Frau war, daß er nicht seine Krinoline ablegen konnte vor dem Publikum, um dem Publikum zu zeigen, wie man sich emanzipiert. Als man bekanntgab, daß die Humanität existiert, wurde Tarelkin sogleich von ihr erfaßt und hörte auf, gebratene Kücken zu essen, weil sie schwach und sozusagen seine kleinen Brüder waren, und warf sich statt dessen auf Puten und Gänse. Tarelkin ist nicht mehr, und auch dem Wärmsten mangelt plötzlich Wärme; die Vorderen blieben ohne Vorderes, und die Hinteren haben einen Hintern! Tarelkin ist nicht mehr, und Kälte breitet sich aus in der Welt, der Fortschritt bläst Trübsal, verwitwet ist die Humanität.

Und womit, fragt Ihr mich, womit haben die Menschen ihm all seine Tatenglut gelohnt? Die Antwort, nein, keine Antwort, die Ironie, liegt hier vor Euch! Ein simpler Sarg, ein Kutscher, ein Leichenwagen, ein Groschen-Grab. Aber, blickt auf, an diesem ärmlichen Sarg steht ein Würdenträger, *zeigt auf Warrawin*, – er hat Macht über diese Welt, er ist mit Kraft gegürtet.

Was nun sagt Euch seine Anwesenheit hier? Sollte wirklich Heuchelei, oder Verschlagenheit, oder Eigennutz ihn hierhergeführt haben an diesen Sarg, der zwischen uns gestellt ist? O nein. Mit seiner Anwesenheit ehrt er die Rangabzeichen der Kümmerlichkeit, die Orden der Armut, die Uniform des Untergebenen, des Untergebenen, der sogar in das Grab mit sich nimmt Seiner Exzellenz eigenste, geheimste, allerintimste ...

WARRAWIN *auffahrend:* Was soll das?!

TARELKIN *fährt fort:* Tränen ... *Zu Warrawin:* Ich spreche von Ihren Tränen, Exzellenz.

*Warrawin gibt ein zustimmendes Zeichen und geht langsam hinaus.*

Ehren wir also diesen, ach, so leeren, aber vielsagenden Sarg mit einer warmen Träne und sagen wir: Friede deiner Asche, du ehrlicher Arbeiter auf dem gesalzenen Feld öffentlicher Wirkung.

*Verbeugt sich und geht nach vorne.*

RASPLJUJEW *zu den Gerichtssoldaten:* Packt an.

*Der Sarg wird hinausgetragen. Ihm folgen die Beamten.*

16

*Raspljujew und Tarelkin.*

RASPLJUJEW *setzt sich den Dreispitz auf:* Stimmt, das haben Sie richtig bemerkt, mein Herr, die Seele ist unsterblich.

TARELKIN *faßt ihn gutgelaunt bei den Händen:* Ja, nicht wahr? Unsterblich ist sie, das heißt die Toten sterben nicht.

RASPLJUJEW Stimmt, stimmt! – Sie sterben nicht! *Denkt nach.* Das heißt, warum eigentlich sterben sie nicht?

TARELKIN *fest:* Sie leben. Aber, wissen Sie, dort, *weist hin,* weit!! ...

RASPLJUJEW Jawohl, weit. Sagen Sie, bitte, was war er eigentlich?

TARELKIN O, etwas Ehrenwertes, Kollegien-Rat. Wissen Sie, er hat bei Warrawin die ganze Arbeit allein getan.

RASPLJUJEW Was Sie sagen! Warum ist das Begräbnis dann so bescheiden, sozusagen? Nicht einmal ein Imbiß. Der ist sogar von unsrer Religion vorgeschrieben.

TARELKIN Was ist zu machen, er war eben tugendhaft, einfach.

RASPLJUJEW *mit Feuer:* So! Ich verstehe. Wissen Sie, was ich Ihnen sage: die Tugend wird nicht belohnt auf der Welt.

TARELKIN Wahr, sehr wahr! Nicht belohnt! Ja, wer soll sie denn auch belohnen? Die Menschen? Haben Sie Menschen gesehn?

RASPLJUJEW Gesehn.

TARELKIN Und wie ihr Herz ist, haben Sie das gesehn?

RASPLJUJEW Gesehen. Wolfsherzen!

TARELKIN Genau: Wolfsherzen. *Nimmt Raspljujew bei der Hand.* Sie haben also gelitten.

RASPLJUJEW *blinzelt zum Publikum:* Dann und wann. Und Sie?

TARELKIN Wie Sand am Meer.

RASPLJUJEW Was Sie sagen, im Zivildienst, denke ich, kommt das nicht vor, besonders in den oberen Rängen.

TARELKIN Nein, in den oberen Rängen ist es noch viel schmerzhafter.

RASPLJUJEW *erstaunt:* Schmerzhafter? Aber nicht öffentlich, nur so untereinander.

TARELKIN Versteht sich, das wissen nur Gott und ich!

RASPLJUJEW *prustet los:* Erzählen Sie, bitte. Von wem? Wie? Bei welcher Gelegenheit? Das interessiert mich.

TARELKIN Warum hier? Ich denke, Sie werden nach dem Begräbnis einen Imbiß nicht ablehnen.

RASPLJUJEW Keineswegs. Mit Vergnügen. Es ist ein Hundedienst. Nur das lüftet die Seele, daß du dich vollschlägst und schwatzt mit einem gebildeten Menschen.

TARELKIN Beliebt es Ihnen, nach der Zeremonie bei mir einen Imbiß einzunehmen?

RASPLJUJEW Was für eine Zeremonie? Abschleppen und in die Grube schaufeln. Das schaffen meine Muskeltiere allein. Ich muß nur schnell einem Hauswart die Zähne putzen – und dann zu Ihnen. *Geht ab.*

17

*Tarelkin allein.*

TARELKIN Vorsehung, ich danke dir. Und wie glatt ist alles gegangen. Jetzt vor allem eines: Umsicht. Weg von hier. Morgen geb ich die Wohnung auf und dann: in die Büsche, nach Moskau. Dort will ich untertauchen, bis Gras gewachsen ist hier über mein Grab. Auf der Stelle will ich packen! *Nimmt einen Koffer.* Auf der Stelle.

## II

*Dasselbe Zimmer. Koffer, Kisten, alles ist gepackt; in der Mitte des Zimmers steht ein gedeckter Imbißtisch.*

### 1

*Tarelkin allein.*

TARELKIN *sitzt im Sessel:* Ja, erst jetzt begreife ich das Glück, fühl es mit dem Herzen, schmeck es mit der Nase. Da ist es. *Blickt um sich.* Stille, Ruhe, Unabhängigkeit! Das ist das Glück! Keine Vorgesetzten, keine Gläubiger; nicht einmal Freunde, die Minuten meiner Ruhe zu vergiften. Ein flotter Trick ist mir gelungen. Mit einem Schlag sind alle alten Sünden abgeschüttelt, meine Ketten in Staub zerfallen, die Schulden quittiert, die Natur selbst hat ihre Unterschrift gegeben durch meinen Todesakt: Dankend erhalten! Hier, auf meinem Herzen, ist mein Reservekapital. *Nimmt die Papiere heraus.* Die eigenhändigen Warrawinschen Papiere. Die Schlinge, in der sein verdammter Kopf steckt. Ein Jährchen oder zwei, wird alles ruhig sein. Dann, aus dem Hinterhalt, präsentiere ich den Wechsel. Nie im Leben wird sein Schädel fassen, daß ich lebendig bin. Hahaha.

### 2

*Raspljujew tritt ein; Tarelkin deckt den Tisch.*

TARELKIN Ah, guten Tag.

RASPLJUJEW Habe die Ehre.

TARELKIN Warum haben Sie sich aufgehalten?

RASPLJUJEW Nichts zu machen. Mußte mich zum Friedhof schleppen, General Warrawin selbst sind mitgegangen. *Stellt Degen und Dreispitz in die Ecke.*

TARELKIN *weist auf den Imbiß:* Beliebt es Ihnen.

RASPLJUJEW *reibt sich die Hände und tritt an den Tisch heran:* Ganz der Ihre, haha, ganz der Ihre.

TARELKIN *stellt Wein und Wodka hin:* Was Gott geschickt hat...

RASPLJUJEW *mustert den Imbiß mit Befriedigung:* Er hat nicht schlecht geschickt. *Nimmt Brot und Hering, seufzt tief auf.* Echechech – die Schwächen der Menschen. *Schiebt alles in den Rachen und setzt es unter Schnaps.*

TARELKIN Käse gefällig?

RASPLJUJEW *zum Käse übergehend:* Wir und der Käse. *Nimmt Brot, bricht ein Stück Käse ab, verschlingt alles, leert die Flasche.*

TARELKIN Was für ein Rachen!

RASPLJUJEW *kauend:* Genau. Mit Recht haben Sie in Ihrer Rede bemerkt, daß die Seele unsterblich ist.

TARELKIN *hält die geleerte Flasche gegen das Licht:* Unsterblich, mein Herr, unsterblich.

RASPLJUJEW *nimmt noch Käse:* Und wissen Sie, was die Seele unbedingt auszeichnet: sie ißt nicht, und sie trinkt nicht. *Kaut.*

TARELKIN *sammelt die geleerten Teller:* Ja, wirklich, unbedingt.

RASPLJUJEW *kauend:* Wenn jetzt die Seele auch noch essen wollte, wo sollte das hinführen? Leg dich und stirb.

TARELKIN Genau, stirb. *Will ihm ins Schnapsglas was einschenken.*

RASPLJUJEW *hält das Wasserglas unter:* Nein, hier ist das Glas. *Trinkt.* Ech, du! Troll dich, Seele, geh spazieren, Jungfrau.

TARELKIN *schleppt noch Brot heran:* Was für ein Rachen! Das ist ein bodenloser Abgrund! Wohin fällt das alles bei ihm?

*Raspljujew schlingt ein Stück Brot herunter.*

Wieder! Bist du nicht geplatzt unten. *Laut:* Sagen Sie bitte, wie fühlen Sie sich?

RASPLJUJEW Ich muß Ihnen sagen, noch fühle ich nichts.

TARELKIN Wirklich?

RASPLJUJEW Was wollen Sie: So eine Natur, ein Organ. *Gießt Schnaps ins Wasserglas.*

TARELKIN Das ist Schnaps.

RASPLJUJEW Also Schnaps. *Trinkt aus.* Bei mir läuft das, Väterchen, unter einer Nummer.

*Tarelkin guckt auf den Fußboden.*

Suchen Sie was?

TARELKIN Ach, ich sehe nur, ob nicht bei Ihnen vielleicht der Boden herausgefallen ist, ob es nicht durchläuft.

RASPLJUJEW *schüttelt sich auf dem Stuhl:* Nein, nein, Herr! Ich bin dicht, es kommt nichts durch. – Sie haben gehört, daß Paganini ein gutes Instrument hatte?

TARELKIN Gehört.

RASPLJUJEW Nun, meins ist besser.

TARELKIN Das glaub ich.

RASPLJUJEW Von diesem Instrument erzähle ich Ihnen, mein Herr, eine Geschichte: ich komm also neulich ins Wirtshaus, verlange Weißbrot, Tee. Sehen Sie, da fing mein Instrument zu spielen an; und was für Lieder! Mithin: es bittet um Arbeit. Nichts zu machen. Gib, sag ich, eine Portion Schinken, eine Portion Kaviar, Schnaps in Überportion, und denke mir, diesen Wurm werde ich schinden, putze alles weg, und stellen Sie sich vor, gnädiger Herr, er nimmt nicht.

TARELKIN Tsssssss.

RASPLJUJEW Gut, denke ich; schiebe Brot nach, schütte Wein hinterher, Käse, gieße mit Wein, und mein Magen, der Hund, schreit nur lauter nach Essen. Verdammt, du, was bist du für einer? Her, sag ich, mit Eierkuchen! Ich lasse ein Dutzend passieren, schick ein andres Dutzend zur Verfolgung hinterher – der Zahn hat Blut geleckt, wird scharf, nichts weiter. Das dritte Dutzend! Leg dich hin und stirb – er nimmt nicht.

TARELKIN Sonderbar!

RASPLJUJEW Ich seh also: die Sache steht schlecht – all meine Schleusen haben sich geöffnet! Also laß ich auf unsere Art, auf Russisch, ein Schwarzbrot anfahren, groß wie ein Schrank, drei Heringe, jeder einen Säbel lang, und einen Kübel Kwass, hab mich bekreuzigt und, sozusagen aus Barmherzigkeit, ganz aufgegessen. Und es kam mir vor, als ob er anbeißt. *Klopft sich auf den*

*Bauch.* So lebt in mir ein unlöschbares Feuer, ein unersättlicher Wurm.

3

*Die Vorigen, Ljudmila Spiridonowna tritt ein.*

LJUDMILA Sagen Sie, Ssila Ssilitsch Kopylow, lebt er hier?

RASPLJUJEW *essend:* Jawohl, meine Schwalbe, hier.

TARELKIN Was willst du, Mamachen?

LJUDMILA Ja, wo kann man ihn denn finden?

TARELKIN Hier ist er, ich.

LJUDMILA Was hat man mir gesagt, Sie sind gestorben?

TARELKIN Scherze, dumme Scherze.

LJUDMILA Da bin ich froh. Jetzt weiß ich, wo ich mein Köpfchen hinlege. Na was, erinnern Sie sich an Ljudmilchen?

TARELKIN Was für ein Ljudmilchen?

LJUDMILA Ljudmila Spiridonowna, Sie Verführer, Sie!

*Raspljujew und Tarelkin kichern.*

TARELKIN *scheint sich affektiert zu erinnern:* Amalie, Rosalie, Kanaille – das gab es, glaube ich. Aber Ljudmila, nein, von einer Ljudmila weiß ich nichts. War sie vom Ballett oder aus dem Pensionat?

LJUDMILA Aus der Waschküche.

TARELKIN *verächtlich:* Aus der Waschküche?! – Nein, aus der Waschküche kenne ich niemand.

LJUDMILA Und das Herz, Ihres, sagt nichts?

TARELKIN Nichts.

LJUDMILA Also, hier steht sie.

TARELKIN Ach. Sieh an. Und was für ein Monstrum! – Nein, der Teufel sei mit dir; an so ein Weib kann ich mich nicht erinnern.

LJUDMILA So. Nicht erinnern! Und die Kinder willst du auch nicht sehn?

TARELKIN Was für Kinder? Was soll das? Bei mir gab es keine Kinder, niemals.

LJUDMILA *zu Raspljujew:* Sehen Sie, so sind sie alle,

Euer Gnaden. Erst befruchten sie, dann wissen sie von nichts. *Öffnet die Tür.* He, Kinder, hierher!

*Zwei Kinder laufen herein.*

TARELKIN Was ist das? Mein Gott!

LJUDMILA Nun, Kinderchen, hier steht euer Papachen. Schön, was? Nehmt es ihm nicht übel, wie er aussieht – hin zu ihm!

*Die Kinder stürzen sich auf Tarelkin – er versucht sie abzuwehren.*

TARELKIN Weg, Teufelsbälger, weg! *Entsetzt:* Wie, das ganze Leben! Mit einer Waschküche? Nein! Niemals.

LJUDMILA *wirft sich vor ihm auf die Knie und schmiegt sich kosend an ihn an:* Gut, gut, Ssilitsch, machen wirs auf die friedliche Art, das erstemal ist es nicht, was? Ach, Ssilitsch, Ssilitsch! Freund! Alt geworden ist er, ei, ei. Man erkennt dich nicht wieder; kahl wie ein nacktes Knie. Ja, so wäßrig ist es hier in Petersburg. Man kann kein Fett ansetzen und kein Fleisch. Weißt du, Ssilitsch, wenn ich dich sehe, gehn zwei Wechsel los in mir: der eine von meiner feurigen Temperamentur, der andre von deiner grausamen Kälte. *Liebkost ihn.* Ssilitsch, Freund.

TARELKIN Verschwinde, widerliches Weib! Ich kenne dich nicht, hinaus! Und nimm die Bälger mit, eh ich sie aus dem Fenster schmeiße.

LJUDMILA *zu Raspljujew*: Ah, Väterchen, Sie haben es gehört. Sie sind Zeuge. Wie er sie fortjagt, die eigene Brut. Ich werde Ihnen, Euer Gnaden, eine Bittschrift einreichen. Sie werden ihn bändigen, die Bestie!

RASPLJUJEW Geh ins Polizeirevier. Reich beim Revieraufseher ein.

LJUDMILA Leben Sie wohl, Euer Gnaden. *Nimmt die Kinder.* Ich werde einreichen. *Geht ab.*

4

*Raspljujew, Tarelkin, Warrawin (verkleidet: ein abgetragener Militärmantel, Perücke, buschiger Schnurrbart, grüne Brille, scharfer, militärischer Ton; er hinkt und stützt sich auf eine Krücke), ein Schwarm von Gläubigern. Gelärm und Stimmen. Türklopfen.*

TARELKIN Wer ist da? Wer ist da?

*Die Gläubiger, mit ihnen Warrawin, kommen geräuschvoll herein.*

Was wollen Sie?

1. GLÄUBIGER Sagen Sie bitte, wo ist Candide Tarelkin?

2. GLÄUBIGER Wo ist der Kollegien-Rat Tarelkin?

WARRAWIN *mit verstellter Stimme:* Wo ist dieser Gauner Tarelkin? *Stampft mit der Krücke.*

TARELKIN *beiseite:* E . . . e . . . e . . . Das sind meine Gläubiger. Was für Fratzen. *Laut:* Er ist gestorben, meine Täubchen, gestorben.

1. GLÄUBIGER Ach, dieser Räuber. Das hat er mit Absicht getan.

2. GLÄUBIGER Ich bin nicht einverstanden, ich treibe ein.

WARRAWIN Geschlachtet hat er mich. Ein Dolchstoß ohne Messer.

3. GLÄUBIGER *schrill:* Wo bleiben unsre Gesetze? Das ist Raub!

4. GLÄUBIGER *ruckweise mit dem ganzen Körper:* Das ist un – an – ständig!

1. GLÄUBIGER *schreiend:* Und ich sage Ihnen, ich erwische ihn, und wär es auf dem Grund der Hölle!

2. GLÄUBIGER *schreit:* Was reden Sie für einen Unsinn. Was für eine Hölle? Wie soll man in der Hölle eine Treibjagd machen?

1. GLÄUBIGER Ich kann mein Eigentum suchen, wo ich will . . .

2. GLÄUBIGER Jawohl, Sie können. Ich niese auf Ihr Eigentum.

1. GLÄUBIGER Und ich, ich spucke auf Ihr Eigentum. *Spuckt und verreibt die Spucke mit dem Fuß.* Sehen Sie!

1. UND 2. GLÄUBIGER *hitzig, beide zugleich:* Was! Wer! Sie! Ich. Ich!

WARRAWIN *trennt sie:* Lassen Sie, meine Herren. Nicht so. Her mit, *stampft mit der Krücke*, seinem Nachlaß!

DIE GLÄUBIGER *schreiend:* Jawohl! Her mit seinem Nachlaß.

TARELKIN *hält sich die Ohren zu:* Alles, alles hat die Polizei genommen.

1. GLÄUBIGER Also ist der Nachlaß auch im Eimer. Eine Katastrophe!

3. GLÄUBIGER *zum Publikum:* Und ich frage nochmals: Wo bleiben unsre Gesetze?

4. GLÄUBIGER *wie vorhin:* Das ist un – an – ständig!

2. GLÄUBIGER Also: gehn wir zur Polizei. Die einzige Rettung ist die Polizei!

ALLE GLÄUBIGER *schreiend:* Zur Polizei. Zur Polizei!

TARELKIN *begleitet sie hinaus:* Zur Polizei! Zur Polizei!

RASPLJUJEW *erhebt sich vom Imbiß-Tisch und tritt nach vorn:* So ists recht! Die einzige Rettung ist die Polizei!

4. GLÄUBIGER *wartet ein wenig:* Das ist un – an – ständig!! *Macht blitzschnell kehrt und geht hinaus.*

*Tarelkin geleitet die Gläubiger hinaus und schließt hinter ihnen die Türe.*

5

*Raspljujew und Tarelkin.*

RASPLJUJEW Flott muß er gelebt haben, dieser Tarelkin. Der Staub soll ihn fressen. Das wird ein Bild, wenn all diese Gläubiger sich dreschen auf dem Polizeirevier. Mein Gott. Manchmal kommen sie in Haufen, und diese Habe ist drei Groschen wert, verbeißen sich in einen Fetzen und zerren ihn hin und her. Dieser Tarelkin muß eine gesalzene Persönlichkeit gewesen sein. Verstand zu leben und die Seele auszuatmen nach der Uhr. Was wär ihm geblieben hier? Er käme nicht mehr heraus aus des Teufels Bratpfanne. Aus dem Dienst gejagt hätten sie ihn, ausgezogen, und satt sitzen könnte er sich in Sibirien. Aber jetzt, was gehts ihn an. Mit Gottes Hilfe liegt er ganz für sich, das Bäuchlein oben, die Pfötchen zusammengelegt. Alles ist ruhig, alle sind zufrieden. Sehen Sie, sogar seine Exzellenz, General Warrawin haben das Grab besucht. Das ist eine Ehre! So ein Würdenträger! Und geruht deinen toten Leib bis zum Grab zu begleiten! Und was ist der Leib? Ein Mist und ein Gekröse, weiter nichts. Exzellenz interessierten sich auch für den Nachlaß; gingen von der Beerdigung gleich mit ins Revier; haben alles bis aufs letzte Fädchen durchgesehen.

TARELKIN So. Hat er was gesucht?

RASPLJUJEW Das nicht. Ich meine, es war zur Erinnerung. Bei Würdenträgern kommt das vor.

TARELKIN *ironisch:* Ein zärtliches Herz.

RASPLJUJEW Ich meine, ja.

6

*Raspljujew, Tarelkin, Warrawin.*

WARRAWIN *tritt in der Verkleidung ein, beiseite:* Da ist nichts zu finden; also sind die Papiere hier! *Blickt sich im Zimmer um.* Unbedingt hier.

RASPLJUJEW Verehrtester, was wünschen Sie?

WARRAWIN Sagen Sie: ist der Tarelkin tatsächlich gestorben?

TARELKIN *breitet die Arme aus:* Gestorben.

WARRAWIN Gestorben? Gestorben. – Aber, sagen Sie bitte, wie war das möglich?

TARELKIN Gesetz der Natur und Wille der Götter.

WARRAWIN *schüttelt den Kopf:* Ai, ai, ai, ai, ai!

TARELKIN *guckt ihn näher an:* Sie haben den Verstorbenen gekannt? Möge Gott ihn selig machen.

WARRAWIN Gewiß hab ich ihn gekannt. War das ein Schwein!

RASPLJUJEW Sie haben ihn also sehr nah gekannt?

WARRAWIN Wie denn nicht, wir waren Freunde.

TARELKIN *mit Erstaunen, beiseite:* Freunde? Was ist das für ein Vogel? Nie gesehn von Geburt an.
*Tarelkin und Warrawin starren einander an.*
*Beiseite:* Ein Betrüger.

WARRAWIN *beiseite:* Welch eine Gaunerfratze.

TARELKIN *zu Warrawin:* Geehrter Herr, ich mache Sie darauf aufmerksam, von den Toten darf man nicht so reden.

WARRAWIN Und wie befehlen Sie dieses Schwein zu nennen?

TARELKIN Wie meinen Sie das?

WARRAWIN Ich meine das so: wenn bei Ihnen irgendwo, im Stall oder Keller, ein Schwein krepiert, kein großes Schwein, kein fettes Schwein, sondern einfach ein Schwein – dann werden Sie doch nicht behaupten, daß bei Ihnen ein Mensch seine Seele ausgeatmet hat.

RASPLJUJEW Das war ein sauberer Einstich.

WARRAWIN Item, stellen Sie sich vor, Herr Revier-Leutnant, daß dieser Lump Tarel –

TARELKIN Nein, erlauben Sie.

WARRAWIN Waaas? Was ist da zu erlauben? Ich bin beleidigt, beleidigt im heimlichsten Grund meiner Seele. Und Sie lassen mir nicht die kleinste Befriedigung. Wer sind Sie überhaupt, wenn die Frage erlaubt ist.

TARELKIN Wer? Ich? *Weist auf Raspljujew.* Hier können Sie fragen.

*Raspljujew macht eine energisch zustimmende Kopfbewegung.*

Und wer sind Sie?

WARRAWIN Ein Gläubiger des Verstorbenen.

TARELKIN So einen Gläubiger hat er nie gehabt!

WARRAWIN Herr, wie können Sie wagen. – Ich bin Hauptmann – Hauptmann Polutatarinow, ich, sehn Sie... *Zeigt sein hinkendes Bein.* Ich bin ein kaukasischer Held, ich, ich habe Schamil gefangengenommen.

TARELKIN *hitzig:* Und ich sage trotzdem...

RASPLJUJEW Tschschsch – Herrschaften! Ruhe! *Zu Warrawin:* Fahren Sie fort.

WARRAWIN Item, stellen Sie sich vor, geehrter Herr, dieser Halsabschneider, wahrscheinlich hat er gefühlt, daß er abgeht, hat aus allen Bekannten Geld und Wertsachen herausgepumpt – so viel er nur konnte –, und auf ganz heimtückische Weise mir, glauben Sie mir, eine Uhr aus der Tasche gelockt, eine außergewöhnliche Uhr.

TARELKIN *beiseite:* Er schmiert mich aus wie einen toten Hund, der Schmarotzer.

WARRAWIN Er nimmt also meine Uhr und sagt: Ich gehe, Brüderchen, ins Theater; eine Kette hab ich, bloß die Uhr fehlt und: borg mir deine! Und ich aus Freundschaft, glauben Sie mir, aus reiner Freundschaft –

TARELKIN *beiseite, die Fäuste ballend:* Das zerreißt mich! Wissen, daß er lügt, und nicht sagen können: Du lügst! *Laut und ironisch:* Und Sie haben geborgt, einfach so?

WARRAWIN Jawohl, ich habe geborgt. Und was hat er, diese Kanaille und Sohn von allerlei Kanaillen, was hat er gemacht? Die Uhr genommen und gestorben; und ich: wie ein Krebs auf der Sandbank! Und darum figuriere ich als sein Gläubiger für zweihundert Rubel Silber. Aber wo ist jetzt diese Uhr? *Besieht das Zimmer.* Bei der Polizei ist sie nicht, also ist sie hier, unbedingt hier. Und darum: gestatten Sie mir, dieses Gelaß zu filzen, ob er die Uhr aus purer Gemeinheit nicht irgendwo in einen Spalt gestopft hat oder zwischen Bücher, Papiere und Dokumente. Alles ist möglich! *Geht umher und untersucht.* Alles möglich!

RASPLJUJEW Richtig! Das ist auch meine Regel: glaube alles, denn alles ist möglich! *Weist auf die Tür.* Dort hinten ist noch allerhand Plunder. Sehen Sie nach ...

WARRAWIN Ich bitte Sie, alles in strengste Verwahrung zu nehmen.

RASPLJUJEW Also das ist wirklich überflüssig.

WARRAWIN Wie?

RASPLJUJEW Hier machen die Kopeken keinen Rubel.

WARRAWIN *mit Feuer:* So! Das erstaunt mich nicht. Glauben Sie mir: ein von Geburt an geriebener Kunde. Dafür war er geschaffen: pumpen, krepieren und nichts zurücklassen. Barmherziger Gott! Wenn er mir jetzt zwischen die Pfoten käme, ich würde Fadennudeln aus ihm machen.

TARELKIN *unwillig:* Aber erlauben Sie!

WARRAWIN *zu Raspljujew:* Glauben Sie mir, edler Mensch, man hat ihm in dieser Angelegenheit nicht nur einmal ins Gesicht gespuckt.

TARELKIN *verliert die Geduld:* Das ist unerträglich.

WARRAWIN Er hat es ertragen.

TARELKIN Sie beleidigen mein moralisches Empfinden.

WARRAWIN Waas? Moralisches Empfinden? Was ist das für ein Obstwein? Aus welchen Früchten? Was sind das für Delikatessen? Moralisches Empfinden! – Nein, er, diese Kanaille, sämtliche Empfindungen hat er beleidigt.

TARELKIN Welche Empfindungen hat der Verstorbene beleidigt?

WARRAWIN Alle, sag ich Ihnen, alle! Das Auge, denn sein Gesicht war abstoßend. Das Gehör, denn seine Stimme klirrte wie eine ausgeleierte Balalaika. Den Tastsinn, denn seine Hände waren bis zu den Fingerspitzen mit schleimigem und bösartigem Schweiß bedeckt. Den Geruchssinn, denn er stank nach Aas.

TARELKIN Sie lügen, mein Herr, niemals!

WARRAWIN Er stank, Herr, er stank.

TARELKIN *läuft zur Seite, beiseite:* Was ist das für ein Satan. Aus welchem Loch schwappt diese Blase!

WARRAWIN *zu Raspljujew:* Sie sehen also, edler Mensch, alle Empfindungen. Alle. Und dieser Bandit hat also, bei einem mit List, beim andern mit Gewalt –

RASPLJUJEW *unterbrechend:* Halt! Ein Ding von der durchtriebensten Sorte. All diese Merkmale, die Sie mit solcher Klarheit soeben dargelegt haben, passen sämtlich auf Ssila Ssilitsch Kopylow.

WARRAWIN Wie das? Edler Mensch, was sagen Sie da?

TARELKIN Wie, auf mich? Wie können Sie es wagen! Mit welchem Recht!

RASPLJUJEW *gewichtig:* Erlauben Sie. Halten Sie keine Volksreden. Warum die Kehle strapazieren.

WARRAWIN Ta, ta, ta! Erlauben Sie, Wohltäter, erlauben Sie. Das wollen wir untersuchen. Ich habe so eine Vorahnung, daß ich meine Papiere, das heißt die Uhr, finden werde, unbedingt.

RASPLJUJEW *stemmt die Arme in die Seite und stellt sich gegenüber Tarelkin auf:* Zuerst: das Gesicht. *Zu Warrawin:* Nach meinem Gefühl ist dieses Gesicht, man kann sagen, unangenehm.

WARRAWIN Gesicht? Nennen Sie es Fresse, nennen Sie es Schnauze, aber »Gesicht« – nein! Sie beleidigen mich.

RASPLJUJEW *dieselbe Pose:* Sehr möglich, sehr möglich.

TARELKIN Als ob es auf der Welt nicht mehr verkorkste Fassaden gibt. Das ist kein Beweis.

WARRAWIN Und die Stimme. Hören Sie die Stimme.

RASPLJUJEW Eine ausgeleierte Balalaika, genau! Genau!

WARRAWIN Genau, ganz genau!

RASPLJUJEW *dieselbe Pose:* Sie haben ihn mit Raffaels Pinsel gemalt.

WARRAWIN *drückt Raspljujew die Hand:* Ich danke Ihnen.

TARELKIN *bemüht sich, im Baß zu sprechen:* Erlauben Sie, meine Herren, erlauben Sie. Was soll die Übereilung!

WARRAWIN *ergreift Tarelkins Hand:* Die Hände: Schweiß und Schleim.

RASPLJUJEW *strahlend:* Und der Geruch?

*Beide treten herzu und schnüffeln.*

WARRAWIN UND RASPLJUJEW Wonach riecht das?

RASPLJUJEW Als wär es angegangen.

WARRAWIN Das kommt der Sache nahe.

RASPLJUJEW Deutliche Symptome. Schlauer Dreh.

TARELKIN *leidenschaftlich:* Aber, werter Herr, wollen Sie sich nicht auf fundamentalere Beweise stützen. *Zu Warrawin:* Sie werden doch nicht mit Luft und Duft argumentieren. *Zu Raspljujew:* Der selige Tarelkin hatte prachtvolles Haar und exzellente Zähne. Ich, wie Sie sehen, habe kein Haar *zeigt seinen völligen Kahlkopf* und keinen Zahn. *Macht den Mund auf.* A, a, a, a.

RASPLJUJEW Allerdings. Was wahr ist, ist wahr! Bravo Ssila Ssilitsch. Bestanden! *Zu Warrawin:* Was nun, verehrter Herr? Bleibt nichts übrig als nach Hause gehn.

WARRAWIN Nein. Ich gehe weiter und sage: gebt ihm Haar, gebt ihm Zähne. – Und dann.

RASPLJUJEW E, e! Hauptmann, überschlag dich nicht. Nein, nein, nein! Das ist verboten, und ich verbiete es! Haare und Zähne stehn im Paß. Mit keiner Zange kann man die herausziehn. Und Antioch Elpidiforitsch sagt: geben kann sie auch der Zar nicht. Die Natur, sagt er, gibt sie.

TARELKIN *ergreift Raspljujews Hände:* Sehr schön gesagt.

*Beide verbeugen sich und schütteln sich die Hände.*

Ich sage noch mehr: Gott gibt sie.

RASPLJUJEW *gut gelaunt:* Ho, ho, ho! *Hebt den Zeigefinger.* Das geht hoch hinauf!

WARRAWIN *ein wenig betreten:* Kann sein, kann sein! Immerhin wollen wir ein wenig, *sucht herum*, und vielleicht wird Gott helfen. Wenn man etwa dort, *macht die Kommode auf.*

TARELKIN *eilt heran:* Sie, Herr, was unterstehen Sie sich, hier herumzuwühlen.

WARRAWIN Ba, ba, ba! *Zieht aus der Kommode die Perücke und das Gebiß hervor.* Und was ist das?

RASPLJUJEW *guckt mit großen Augen:* Perücke und Gebiß!

TARELKIN *stürzt auf Warrawin:* Wie können Sie.

WARRAWIN *weicht ihm gewandt aus:* Sind das nicht genau die, die im Paß stehn? – Ha, ha, ha!

RASPLJUJEW Ha, ha, ha. Komplizierter Fall. Was machen wir jetzt?

WARRAWIN Was wir machen? Wir stülpen ihm das Ding auf.

RASPLJUJEW Superschlauer Trick. Einverstanden.

WARRAWIN Mein Bester, gestatten Sie. *Stellt einen Stuhl hin.* Bitte hier.

TARELKIN Was für ein Unsinn. Dumme Scherze. Ich will nicht.

RASPLJUJEW Na, wir halten schon fest. *Nimmt Tarelkin und setzt ihn mit Gewalt auf den Stuhl.* So! *Zu Warra-*

*win, während er Tarelkin festhält:* Bitte, Väterchen, ein Handtuch.

WARRAWIN Hier, mein Wohltäter, hier. *Reicht ihm ein Handtuch.*

RASPLJUJEW *fesselt Tarelkins Arme hinter der Stuhllehne:* Wir halten schon, wir halten.

TARELKIN Au, nicht so fest.

WARRAWIN *setzt ihm die Perücke auf und arrangiert sie sorgfältig:* Wie werden wir ihm die Zähne einsetzen?

RASPLJUJEW Kinderspiel. Machen Sie ihm nur den Mund mit dem Fingerchen auf. Sie haben doch selbst gesehn, er beißt nicht.

WARRAWIN *manipuliert:* Stimmt, Wohltäter, er beißt nicht.

RASPLJUJEW Aber sobald Sie ihm die Zähne eingesetzt haben, Vorsicht – dann beißt er!

*Tarelkin stößt unartikulierte Laute aus, während Warrawin ihm das Gebiß einsetzt.*

WARRAWIN *tritt einige Schritte zurück und starrt auf Tarelkin:* Mein Gott, was ist das? Ich glaube meinen Augen nicht!

RASPLJUJEW Was, was, was?

WARRAWIN Das ist Tarelkin.

RASPLJUJEW *angstvoll:* Nicht möglich! Wieso Tarelkin. Haben Sie ihn auch wirklich gekannt?

WARRAWIN Wie meine fünf Finger.

RASPLJUJEW O Grauen! Hören Sie auf! Wissen Sie, daß Tarelkin gestorben ist, unzweifelhaft tot und von mir in die Erde geschaufelt. General Warrawin war selbst bei der Beerdigung. Ein Zweifel ist ausgeschlossen!

WARRAWIN Er ist es! Ich sage Ihnen, er!

TARELKIN Also genug, meine Herren, ich bitte Sie – binden Sie mir die Hände los – bitte! – Na, was ist schon dabei? – eine zufällige Ähnlichkeit.

RASPLJUJEW Ja, ja. So ist es. Eine zufällige Ähnlichkeit.

WARRAWIN Hören Sie meinen Rat: dieses Subjekt nicht aus den Händen lassen. Und in Arrest nehmen.

TARELKIN *versucht krampfhaft die Hände freizubekom-*

*men:* Wagen Sies! Ihren Kopf ziehn Sie nicht aus der Schlinge.

WARRAWIN *zu Raspljujew:* Sie würden sich verdient machen. Ich, Väterchen, habe selbst gedient. Mir ging keiner durch die Maschen. Hinein mit ihm und Schluß. Und darum kann ich sagen, Hand aufs Herz, *legt die Hand aufs Herz,* keine Bestie hat bei mir ein Loch gefunden. *Zu Raspljujew:* Verlangen Sie seinen Paß.

RASPLJUJEW Geben Sie den Paß.

TARELKIN Mein Paß? Auf dem Tisch.

WARRAWIN *übergibt Raspljujew den Paß:* Da ist er. Nehmen Sie Einblick.

*Raspljujew liest.*

7

*Die Vorigen und Katschala, mit einem Paket in der Hand.*

KATSCHALA *übergibt Raspljujew das Paket:* Euer Naden, Papier von der Polizei.

RASPLJUJEW *zu Katschala:* Warte hier. *Zu Warrawin:* Nein, sehen Sie, es stimmt. *Zeigt mit dem Finger.* Emeritierter Hofrat Ssila Kopylow. Stimmt. Richtig! *Übernimmt das Paket von Katschala.* Gib das Papier von der Polizei her. *Bricht es auf und liest.* Was? Was ist das? Ich verstehe nicht! *Liest.* Nichts verstehe ich... *Liest.* »Gerichtlich zu registrieren ist der Nachlaß des im 3. Quartal wohnhaften und plötzlich verstorbenen Hofrates Ssil Ssila Ko-Ko-py-low!« *Blickt starr alle an.* Was? Ah!

KATSCHALA Ici, Euer Naden – er ist gestorben.

RASPLJUJEW *schreiend:* Was? Wie?

KATSCHALA In Schlüsselburg gestorben. Wie gelebt, so gestorben.

RASPLJUJEW Aber hier sitzt er – auf dem Stuhl!

KATSCHALA Kann ich wissen, Euer Naden?

WARRAWIN *beiseite, schlägt sich auf die Stirn:* Ah – ah – ah – der Gauner. Das ist er! *Zu Raspljujew:* Vorsicht! Das, das – ist – entsetzlich!!!

RASPLJUJEW *preßt sich an Warrawin:* Und was? Wie? Ich begreife nichts.

*Tarelkin ruckt auf dem Stuhle und will sich freimachen. Raspljujew stößt Katschala zu Tarelkin hin.*

Halt ihn, halt ihn, den Schmarotzer.

*Katschala stürzt sich auf Tarelkin und hält ihn fest. Raspljujew greift nach den Papieren und liest darin. Warrawin liest ebenfalls.*

RASPLJUJEW Kein Zweifel: Kopylow ist gestorben. Gestorben an Apoplexie! Gestorben im Dorf Rasgildjajewka, seziert und in der Erde begraben! *Klopft auf das Papier.*

WARRAWIN Entsetzlich!

RASPLJUJEW Jetzt wiederum andererseits: Tarelkin ist gestorben! Gestorben und von mir, *schlägt sich an die Brust*, von meiner Person in die Erde geschaufelt worden! Jetzt wiederum: dieser da – wer ist er?

WARRAWIN Halt! Ich weiß, wer das ist! Das ist – die ungeheuerste Gefahr für das Leben.

RASPLJUJEW *furchtsam:* Was sagen Sie?

KATSCHALA *ebenfalls furchtsam:* Alle Heiligen mit uns!

WARRAWIN Hören Sie zu, aber bleiben sie stark.

*Raspljujew versucht, stark zu bleiben.*

Wissen Sie, was ein Werwolf ist?

RASPLJUJEW Nein.

WARRAWIN Ein Vampir?

RASPLJUJEW Nein.

WARRAWIN Ein Menschensauger?

RASPLJUJEW Nein.

WARRAWIN Ein Wiedergänger?

RASPLJUJEW Nein! Nein! Nein! – Aber ich sehe – entsetzlich!

WARRAWIN *zeigt auf Tarelkin:* Sehen sie. Erstens: er ist tot.

RASPLJUJEW *verwirrt:* Ich verstehe.

WARRAWIN Bestattet und in der Erde begraben.

RASPLJUJEW Ich verstehe.

WARRAWIN Aber natürlich will er noch leben.

RASPLJUJEW Natürlich.

WARRAWIN Und deshalb – verläßt er seine Höhle, sein, Dingsda, Grab und geht um.

RASPLJUJEW *zusammenfassend:* Brrrr.

WARRAWIN Aber nähren kann er sich nicht von Brot oder sonst was: weil das sozusagen eine Verdauung ist, und wo soll bei ihm, dem Teufel, eine Verdauung sein? Darum nährt er sich von warmem menschlichen Blut, weil, das ist ein Fertiggericht.

RASPLJUJEW *greift sich an den Kopf:* Mein Gott! Das, das ist eine ganze Hölle. *Tritt auf die Vorderbühne.* Glauben Sie, mir fährt das Eis in die Knochen.

WARRAWIN *tritt währenddessen leise zu Tarelkin heran:* Jetzt, Schlange, bist du in meinen Händen.

TARELKIN *mit Entsetzen:* Warrawin!

WARRAWIN *zischt:* Jaaa! *Geht ebenso leise, nimmt einen Stuhl und stellt ihn neben Raspljujew hin.* Setzen Sie sich.

*Raspljujew setzt sich.*

Also: er hat einen Rüssel.

RASPLJUJEW Pfui, – ah –

WARRAWIN Ein Rüssel wie ein Skorpionstachel, hart wie Diamant.

RASPLJUJEW Pfui, ah! Brrr!

WARRAWIN Er belauert Sie und sucht sich auf Ihrem Schädel eine Stelle aus, *er sucht auf Raspljujews Schädel eine Stelle aus,* hebt seinen Stachelrüssel und hackt hinein. *Hackt mit seiner Krücke auf Raspljujews Schädel.* Auf diese Weise versetzt er Sie in Bewußtlosigkeit, verstehen Sie, Bewußtlosigkeit, *Raspljujew ringt nach Atem; er gibt ein Zeichen, daß er verstanden hat,* und beginnt nun an Ihnen zu saugen, Ihr Blut zu saugen.

*Tarelkin versucht verzweifelt, sich loszureißen.*

RASPLJUJEW Ai, ai, halt!

KATSCHALA *drängt sich an Raspljujew heran:* Ach, ach!

WARRAWIN *stürzt zu Tarelkin und schnürt ihm die Hände wieder fest zusammen. Leise:* Schuft, meine Papiere.

TARELKIN Ich geb sie nicht!

WARRAWIN *dreht ihm die Hände noch fester zusammen:* Warte! *Greift nach Hut und Krücke, hebt die Arme hoch und ruft laut:* Herr, mein Gott! Schütz meine armen Knochen!

RASPLJUJEW *hält sich an Warrawin fest:* Bleiben Sie, bleiben Sie, ich lasse Sie nicht gehen.

WARRAWIN *zeigt auf Tarelkin:* Haltet ihn fest, bewahrt ihn gut. Das ist ein seltener Vogel. Seit Erschaffung der Welt hat es so was nicht gegeben! Welche Ehre für die Polizei, welche Ehre für Sie!

RASPLJUJEW Verlassen Sie uns nicht.

WARRAWIN *will abgehen:* Sie bekommen das Verdienstkreuz, unbedingt das Verdienstkreuz.

RASPLJUJEW *klammert sich fest an Warrawin:* Nein, nein, ich lasse Sie nicht weg!

WARRAWIN *will sich losreißen:* Sie haben kein Recht! ...

RASPLJUJEW *hält ihn:* Im Nam – Namen der Polizei befehle ich Ihnen. Katschala! Schatala! Hierher! Wirf die Schlinge, fang das Tier, die Schlinge! Das erste Verhör werd ich ihm gleich hier eintränken!

*Katschala und Schatala werfen über Tarelkin eine Schlinge.*

Zwirbelt ihn!

*Sie ziehen.*

Ich nehm es auf meinen Kopf! Fester!

TARELKIN Ach, och, ihr Würger, was macht ihr?

RASPLJUJEW Aha, er hat Laut gegeben! Rede, Fluch Gottes, wer bist du?

TARELKIN *beiseite:* Hin ist mein Köpfchen. *Läßt den Kopf hängen.*

RASPLJUJEW Rede.

TARELKIN Was soll ich reden? Ich sagte Ihnen – ich bin Kopylow.

RASPLJUJEW Du lügst, Höllenseele! Der ist tot. Da sind die Papiere – gestorben, seziert und in die Erde vergraben! *Zu Katschala:* Zieh fester!

TARELKIN Oh, oi, oi, oi. Ich bin Tarelkin, oi, Tarelkin!

RASPLJUJEW *mit Kraft:* Du lügst. Tarelkin. General Warrawin selbst... Tarnst du dich noch, Fluch Gottes? *Zu Katschala:* Zieh fester!

TARELKIN Oi, Väterchen, oi, ich, ich bin beide.

WARRAWIN *zu Raspljujew:* Und beide sind tot.

RASPLJUJEW *greift sich an den Kopf:* O, das ist entsetzlich. *Springt plötzlich auf.* Ketten! Handschellen! Hier ist ein Verbrecher, nein, nein, hier sind zwei Verbrecher.

WARRAWIN *sekundierend:* Nein, hier sind drei Verbrecher! *Schwingt seinen Hut in die Höhe.* Auf zu den höheren Dienststellen!

RASPLJUJEW *schwingt ebenfalls seinen Hut:* Auf zu den höheren Dienststellen!

*Greift Warrawin unter den Arm; beide laufen hüteschwingend hinaus: hinterher ziehen Katschala und Schatala den an den Stuhl gefesselten Tarelkin durch die Tür.*

8

*Verwandlung*

*Ein Privathaus. Ein Saal. Tische. Direkt dem Zuschauer gegenüber die Eingangstür. Rechts eine Tür zu einem dunklen Flur. Links eine Tür zum Polizeibureau.*

*Och sitzt am Tisch, vor ihm steht eine Schnapskaraffe. Raspljujew.*

RASPLJUJEW *hereinlaufend:* Wo ist der Polizeikommissar? Wo?

OCH Hier bin ich, hier.

RASPLJUJEW Ha... habe die Ehre, mich zu melden.

OCH Und?

RASPLJUJEW Ich bin außer mir.

OCH Wieso?

RASPLJUJEW Ich bin ganz im Fieber.

OCH Sag, was los ist.

RASPLJUJEW In der Wohnung lebten zwei.

OCH Na und?

Raspljujew Lebten wie sichs gehört, sind gestorben und in der Erde begraben.

Och Nu – weg damit.

Raspljujew Diese zwei sind einer! Und dieser eine lebt.

Och *spuckt aus:* Also der lügt doch immer so, wie mit dem Hammer auf die Stirn.

Raspljujew Wie Sie wollen.

Och Vielleicht lügst du bloß auf nüchternen Magen so. Also da, trink einen Schnaps. *Gießt ihm ein Gläschen voll.*

Raspljujew *mit Feuer:* Was heißt Schnaps? Mich hat es höher geschaukelt als mit Schnaps.

Och *trinkt:* Höher als Schnaps? Dann muß es wirklich eine außerordentliche Sache sein. *Erhebt sich.*

Raspljujew *mit steigendem Feuer:* Seit Erschaffung der Welt hat es das nicht gegeben!

Och Erzähl.

Raspljujew Belieben Sie sich vorzustellen: Rückkehrer aus dem Jenseits, ein Wiedergänger, ein Werwolf, ein Menschensauger, ein Vampir ist verhaftet. Von mir verhaftet. Ich bin im Fieber.

Och Wo hat man ihn verhaftet?

Raspljujew In der Wohnung des verstorbenen Tarelkin und des verstorbenen Kopylow.

Och Woher ist er aufgetaucht, dieser Wiedergänger?

Raspljujew Aus der Erde gewachsen, vom Himmel gefallen. Aus zwei Toten ist ein Lebendiger ausgekrochen. Ich bin abhanden, mein Verstand steht still, ich geh im Nebel.

Och Wo ist er arretiert?

Raspljujew Hier, mit Stricken umwickelt und arretiert. Da, sehen Sie, da, *zeigt,* in der Geheimzelle und sitzt! Stellen Sie sich vor, diese Ehre. Mir diese Ehre! Der Polizei diese Ehre! Belohnungen! Orden!

Och Du bist, scheint es, übergeschnappt.

Raspljujew Ich nahm ihn fest! Ich! Unter stärkstem Widerstand, *schlägt sich an die Brust,* mit Lebensgefahr.

Och Setz dich.

RASPLJUJEW *tritt auf die Vorderbühne:* Ich habe Schamil festgenommen.

OCH *stößt ihn zum Stuhl:* Setz dich, sag ich, du bist besengt.

RASPLJUJEW *springt wieder auf:* Mein Kreuz! Mein Verdienst – kreuz, mein Georgs-Kreuz!

OCH *unterbricht ihn:* Ah, verdammter Schwätzer! Geh zum Teufel! *Drängt ihn zur Tür hinaus.*

RASPLJUJEW *noch in der Tür:* Das ist meine Überzeugung. *Och knallt die Tür zu.*

9

*Och allein.*

OCH *denkt nach:* Das scheint wirklich, wie man sagt, ist ein Kasus. Also: Zwei haben gelebt, *denkt*, beide sind gestorben, vielleicht umgebracht, was? Nun erscheint einer, und dieser eine lebt. Hols der Teufel! Der Schädel platzt einem davon. Es ist ein Kreuz. Nie kann man aus dem Hand und Fuß herausholen. *Denkt.* Wie kann ich ihn zur Raison bringen. A, warte! *Dreht aus dem Zimmerbesen den Stiel heraus.* So wird es gut sein. *Macht die Tür auf.*

10

*Och und Raspljujew*

RASPLJUJEW *hereinstürzend:* Das ... das ist meine Überzeugung! *Schlägt sich an die Brust.* Verdienstkreuz.

OCH *droht mit dem Stock:* Und das, siehst du es? Wenn ich dir damit das Kreuz tranchiere, fliegt deine ganze Überzeugung, *zeigt auf den Plafond*, dort hinauf.

RASPLJUJEW *wird ruhiger:* Nu, das ist eine andere Sache. *Schielt auf den Stock.* Das ist eine andere Sache.

OCH *streng:* Stillgestanden, zum Teufel! Achtung! Brust heraus – Hände an die Hosennaht.

*Raspljujew steht stramm.*

Melde dem Vorgesetzten. *Stützt sich in großartiger Pose auf den Stock.*

RASPLJUJEW *strammstehend:* Heutigen Tages und Datums wurde meinerseits arretiert ein Vagabund, ein paßloser Vampir, unter stärkstem Widerstand! *Belebt sich.* Mit Lebensgefahr. *Schlägt sich an die Brust.*

OCH *hebt den Stock:* Und was ist das?

RASPLJUJEW Nu, wozu den Menschen beleidigen. *Meldet:* Arretiert. Habe die Ehre, ihn vorzuführen.

OCH Hat er einen Paß?

RASPLJUJEW *überreicht ein Papier:* Bitte schön, der Paß des Gestorbenen.

OCH *besieht das Papier:* Jawohl, stimmt! Paß auf, daß er nicht wegläuft.

RASPLJUJEW Alle Maßregeln sind ergriffen. Zuerst hab ich ihm mit List die Händchen eingefangen, dann gebunden mit einem Handtüchlein, dann ein Lasso über ihn geworfen und die Schlinge angezogen, bis er gebrüllt hat. Scharf, wie er ist, gebrüllt hat er.

OCH *schwingt den Stock:* So! So! Schön!

RASPLJUJEW *weicht vor dem Stock zurück:* Euer Hochwohlgeboren, legen Sie das weg.

OCH Wen? Das?

RASPLJUJEW Da, dieses Fräulein.

OCH *übergibt ihm den Stock:* Kennst du sie?

RASPLJUJEW *stellt den Stock in die Ecke:* Nicht direkt, nur vom Sehen; und wenn ich sie von weitem sehe, für einen gefühlvollen Menschen, glauben Sie mir, genügt das.

OCH Sein Eigentum hat also General Warrawin inspiziert?

RASPLJUJEW Seines, und auch nicht seines. Weil dieser Werwolf jetzt in zwei Teile zerbrochen ist. Der eine Teil ist Tarelkin, der andre Kopylow.

OCH Waaas? Wo hast du diesen Unsinn aufgeschnappt?

RASPLJUJEW Aus dem wissenschaftlich durchgeführten Kreuzverhör. Laut meinem Zeugenprotokoll sind diese Beamten nicht gestorben, niemals, sondern wurden auf grausamste Art zu Tode gesaugt!

OCH *verblüfft:* Zu Tode gesaugt?!! – Wie das?!

RASPLJUJEW Zu Befehl. Diesbezüglich besitze ich erschöpfende Daten.

OCH Rede.

RASPLJUJEW *stellt den Stuhl vor sich hin:* Bitte setzen Sie sich; ich will Ihnen alles genau erklären.

*Geleitet Och zum Sitz und stellt sich vor ihm auf.*

Belieben Sie zu sehen: erstens hat er einen Rüssel von ungewöhnlicher Länge, und am Ende des Rüssels ist eine Saugwarze, eine Saugwarze wie ein Skorpionstachel und hart wie Diamant. Sowie er sein Opfer ausgespürt hat, schiebt er mit der größten Bosheit seinen Rüssel vor, getarnt im Ärmel oder im Schnupftuch, so oder so, und langsam, langsam sucht er sich auf Ihrem Schädel eine Stelle, *er tut das*, jetzt brauch ich etwas Hartes. *Blickt suchend umher.*

OCH Da, den Stock.

RASPLJUJEW Großartig, Euer Hochwohlgeboren, den Stock! *Ergreift den Stock, beiseite:* Warte, alter Teufel, jetzt steig ich dir auf die Glatze – *Laut:* Und nun sucht er sich also auf Ihrem Schädel die dünnste Stelle. Und wie er da plötzlich hineinhackt. *Er hackt ihn auf den Kopf.*

OCH Ai!

RASPLJUJEW Und schon beginnt er wild zu saugen, Blut zu saugen bis zum tödlichen Ausgang.

OCH *reibt sich den Kopf:* Das leuchtet allerdings ein.

RASPLJUJEW Wie denn nicht. Hauptmann Polutatarinow hat es mir zweimal erklärt und versprochen, zur Untersuchung zu erscheinen. Ich, sagt er, werde das bei der Untersuchung demonstrieren. Ein nützlicher Mensch. Er hat mich mit dem Arrestanten bis hierher aufs Polizeibureau begleitet. Halt ihn fest, sagt er – das ist ein seltenes Stück. Seit Erschaffung der Welt ist es nicht vorgekommen, daß die Polizei einen Werwolf arretiert hat.

OCH Ha! Tja: zwei Tode, beide plötzlich, ein unbekanntes Individuum, ob Vampir oder Werwolf, das oder das, jedenfalls Untersuchung. Außer Gutes bringt sie nichts.

RASPLJUJEW Der Hauptmann sagt: große Auszeichnungen sind zu erwarten. Also seien Sie so gut, und melden Sie schnellstens der vorgesetzten Behörde! Er ist ein überaus gefährlicher Verbrecher. Ich stehe für nichts ein.

OCH Selbstverständlich wird der Behörde gemeldet. Ohne sie kommst du nicht weit.

RASPLJUJEW Und belieben Sie ihr zu erklären: Der mir untergebene Revieraufseher Raspljujew, Euer Exzellenz, hat in eigener Person festgenommen und ins Revier gebracht mit Lebensgefahr bei stärkstem Widerstand, ein brutaler Unhold, eine Ausgeburt der Hölle.

OCH Nu, man kann auch so melden: das kommt, Euer Exzellenz, von der Sorgfalt bei der Auswahl der Untergebenen, die in einem solchen Fall nur ihre Pflicht erfüllen.

RASPLJUJEW Wie es Ihnen beliebt.

OCH Aber natürlich, Bruder, wie es mir beliebt. Reich mir Hut und Degen. Ich fahre sofort zur Behörde.

KATSCHALA *tritt ein:* Euer Hochwohlgeboren, der wirkliche Staatsrat Warrawin.

11

*Die Vorigen. Warrawin.*

WARRAWIN Was ist das, ich höre von einem außerordentlichen Vorfall bei Ihnen?

OCH Zu Befehl, Exzellenz.

WARRAWIN Irgendeine geheimnisvolle Person soll arretiert worden sein, mit viel Aufsehen.

OCH *unschlüssig:* Wir sind selbst im Zweifel.

WARRAWIN Was ist es? Etwas Übernatürliches?

OCH Vielleicht etwas Übernatürliches, Euer Exzellenz. So etwas kommt doch vor?

WARRAWIN *affirmativ:* Und sehr oft, sage ich Ihnen, kommt es vor. Was zum Beispiel die Wiedergänger und Werwölfe angeht, die stehn außer Zweifel. Die Schwierigkeit ist: wie schnappt man ihn, und wie nimmt man ihn fest?

RASPLJUJEW *klatscht in die Hände:* Das ist es, Euer Exzellenz, Wohltäter! Festgenommen hab ich, bei Gott, festgenommen, unter stärkstem Widerstand, *schlägt sich an die Brust,* mit Lebensgefahr!

WARRAWIN Was Sie sagen?! Ein erstaunliches Faktum. Erzählen Sie.

RASPLJUJEW Euer Exzellenz ist bekannt, daß der bei Ihnen diensttuende Beamte Tarelkin starb und auf durchaus gesetzmäßige Art in der Erde begraben wurde. Sie geruhten selbst anwesend zu sein.

WARRAWIN Aber natürlich, in meiner Gegenwart, vor meinen Augen!

RASPLJUJEW Der in gleicher Wohnung lebende Beamte Ssila Kopylow wiederum starb ebenfalls und gleichzeitig eines jähen Todes! *Hebt seinen Zeigefinger.*

WARRAWIN Tsss. – Auch der ist gestorben! Was, ist er wirklich gestorben?

RASPLJUJEW Ich bitte Sie, nicht nur gestorben, sondern man hat den Leib geöffnet, die Eingeweide herausgenommen, ihn wieder zugenäht und in seinem Bauch Schlamassel angerührt, daß er sich bis zur nächsten Sintflut nicht mehr auskennt. Das ist schon kein Tod mehr, das ist Feierabend.

WARRAWIN In der Tat, das ist Feierabend.

OCH Und nun, Exzellenz, in der Wohnung der verstorbenen Beamten entdeckt die Polizei im Einsatz –

RASPLJUJEW *unterbrechend:* Nein, ich, Euer Exzellenz, ich entdecke.

OCH *streng zu Raspljujew:* Die Polizei, sag ich Ihnen.

RASPLJUJEW *klagend:* Ich, bei Gott, ich! Euer Exzellenz, warum nimmt man einem armen Menschen das letzte Stück Brot.

WARRAWIN Lassen Sie ihn erzählen.

RASPLJUJEW Ich entdeckte einen Dritten, einen Unbekannten; unbekannt, woher. Ich forsche nach. Er erweist sich als ein grausamer Unhold, ein Vampir, der zur persönlichen Ernährung diese beiden Beamten zu Tode gesaugt hat! Also was sollte ich machen?

WARRAWIN Sie haben ihn doch arretiert?

RASPLJUJEW Euer Exzellenz, wie Suworow Prag, so nahm ich ihn: im Sturm! Der Widerstand war erbittert, doch zu meinem Glück befand sich dort der Hauptmann Polutatarinow, ein kaukasischer Held, der Schamil gefangen genommen hat, ein Löwenherz. Der hat mir geholfen. Er, wissen Sie, war erfahren und vernünftig. Ich, ich bin ein einfacher Mensch, also hitzig. Ich will drauflosgehn, er aber hält mich und sagt: eine einzigartige Sache, Sie, sagt er, kommen in die Geschichte, ein Kreuz kriegen Sie. Er weiß alles, ein gelehrter Mann.

WARRAWIN Aaa, gelehrt, sagen Sie?

RASPLJUJEW Ich bitte Sie: grüne Brillengläser, so groß, wie Laternen! So leuchten sie auch. Man sieht gleich: ein Professor.

WARRAWIN Brav, Raspljujew, Prachtkerl. Seltener Fall. Das greift ans Herz: festnehmen und festhalten.

RASPLJUJEW Exzellenz. Mit den Zähnen hab ich gehalten, bei Gott! Mag alles Meine draufgehn, wenn nur die Behörde zufrieden ist.

WARRAWIN Eine Heldentat.

RASPLJUJEW Wie es Ihnen beliebt, es nennen zu wollen. Hier, mein Kopf und mein Kragen für Sie!

WARRAWIN Und was wollen Sie jetzt unternehmen?

OCH Ich fahre zur Behörde.

WARRAWIN Hm.

OCH Ich melde den Vorfall im Detail.

WARRAWIN Hm.

OCH Mag die Behörde selbst entscheiden.

WARRAWIN Hm. Also Sie wollen sich solch eine Rarität entgehen lassen und Ihr Glück einem andern abtreten.

RASPLJUJEW *unterbrechend:* Um Gottes willen, was sagen Sie?

OCH Nein, das wollen wir nicht.

WARRAWIN Ja wie denn? Ich verstehe Sie nicht ganz. Hier ist eine Untersuchung fällig, unabdingbar eine Untersuchung.

OCH Jawohl.

WARRAWIN Und die Obrigkeit wird einen Amor für Spezialaufträge Ihnen auf den Hals schicken, einen mit Manschetten, der nach Veilchen riecht, Sie wissen.

OCH *seufzt auf:* Ich weiß, Euer Exzellenz.

WARRAWIN Und Sie werden im Vorzimmer sitzen. Sie habens gepackt, und er packt es. Was meinen Sie?

OCH *seufzend:* Ist vorgekommen, Exzellenz.

WARRAWIN Dann werden gewisse Leute die Dummen sein! Auf solche Fälle, mein Herr, wartet man Jahrhunderte. Das ist für jeden ein Leckerbissen. Da gibt es Belohnungen, Orden, Titel.

RASPLJUJEW Wort für Wort, was der Hauptmann Polutatarinow gesagt hat.

WARRAWIN Das wird jeder sagen.

RASPLJUJEW *legt die Hände zusammen:* Väterchen, lehr uns, was tun.

WARRAWIN *mit Gewicht:* Keinen Lärm machen. Die Sache geheimhalten. Verstehen Sie?

OCH Ich verstehe.

RASPLJUJEW Aaa.

WARRAWIN Rapportieren Sie ganz beiläufig. Betrifft: Eine Person. Aussehen verdächtig, Herkunft unbekannt, Paß gefälscht. Es kommt Befehl, eine Untersuchung anzustellen. Sie gehorchen. Sie fangen klein an, bescheiden und in aller Stille. Dann legen Sie los und lassen den Ballon steigen, höher und weiter, weiter und höher. Und wenn alles genügend vernebelt und aufgebauscht ist, heißt es absahnen. Greif zu und halt die Hand auf. Willst du fressen, willst du Tressen. Wie es beliebt.

RASPLJUJEW *entzückt:* U-u-u. Worte! Goldene Worte.

OCH *ebenfalls hingerissen:* Sie belieben recht zu haben.

WARRAWIN Die Karten nicht zu früh aufdecken. Auf keinen Fall. Und vor allem: hören Sie auf mich!

*Senkt seine Stimme und führt die beiden beiseite.*

Vorsicht mit dem Wasser!

OCH Mit dem Wasser? Wieso mit dem Wasser?

WARRAWIN Ja! Wasser hat für diese Bestie eine explosive Kraft. Keine Kette und kein Schloß hält stand. Ein Unglück kann passieren. Er bricht aus!

RASPLJUJEW Nein. Besser leg ich mich gleich hin und sterbe!

WARRAWIN Und darum darf man ihm kein Wasser geben, keinen Tropfen.

RASPLJUJEW Zu Befehl. Also so steht es, Euer Exzellenz. – Der kriegt keinen Tropfen ins Maul.

WARRAWIN Gut. Seine Qualen, weil er seiner Natur nach nicht sterben kann, werden von Dauer sein.

RASPLJUJEW Genau so, in dieser Quälerei werd ich ihn halten.

OCH Wie lange, Exzellenz, soll man ihn in dieser Quälerei belassen?

WARRAWIN Das wird man sehen.

RASPLJUJEW *zu Och:* Um was, Antioch Elpidiforowitsch, machen Sie sich Sorgen? Würg ihn, die Bestie, und Schluß. Wenn Exzellenz befehlen, ich bring ihn um.

WARRAWIN Ein Kerl, bei Gott.

RASPLJUJEW *schreit:* Bin bestrebt, Exzellenz.

WARRAWIN *klopft ihm auf die Schulter:* Prachtkerl! Ich meinerseits verspreche Ihnen durch meinen Beistand die Sache so zu arrangieren, daß besagte Untersuchung Sie und er führen werden, und sonst niemand. Verstehen Sie? Leben Sie wohl!

*Och und Raspljujew verbeugen sich tief.*

Klein anfangen muß man und enden mit Triumph!

*Er geht ab, Och und Raspljujew geleiten ihn kriecherisch.*

12

*Och und Raspljujew.*

OCH *gutgelaunt:* Nu, Raspljujew, auf dein Wohl! Kein gewöhnliches Ding hast du gedreht!

RASPLJUJEW *entzückt:* Ahnen! Meine Ahnen! Macht meiner Seele Luft! Mein ganzes Innenleben ist in Aufruhr, stockt ... flammt auf. Was hat er gesagt? Der

General, was hat er gesagt? Meinen Ohren glaub ich nicht. Wenn sie mir wirklich das Kreuz geben!

Och Und weißt du auch, was für eine Macht das ist, ein Untersuchungsrichter?

Raspljujew *fast matt vor Wonne:* Nein, ich weiß nicht, was das für eine Macht ist, ein Untersuchungsrichter.

Och *eindringlich und abgehackt:* Ein Untersuchungsrichter kann jeden, wer es auch ist, verhaften und einsperren, hinter Gitter.

Raspljujew *beginnt rhythmisch mit den Schultern zu zucken, singt brüllend nach der bekannten Melodie der »Kamarinskaja«:*

Schönes Liebchen mit den schwarzen Augenbraun
Dein Gesicht ist schön wie meines anzuschaun.

*Er tanzt böse triumphierend den bekannten russischen Kniebeuge-Tanz, zum Finale brüllt er:* Hurra! – Uns gehört die Welt. Ich, ich kann verhaften und einsperren. Jeden. Ich verstehe. Ich verstehe. Antioch Elpidiforowitsch! Ich werd sie sortieren, die Menschheit.

Och Und wir werden sie sortieren.

Raspljujew Zuerst den Kaufmann Popugaitschikow. Beim Kragen und hinein! Wie mir die Hände jucken nach diesem Popugaitschikow! Dieser Schurke hat jedes Gewissen verloren und bläst in den Schnurrbart. Sie belieben ihm zu befehlen, er lacht. Schnallt ab, sagt er, vorbei ist eure Zeit. Aber inwiefern, Antioch Elpidiforowitsch, ist unsre Zeit vorbei?

Och *sich den Degen umschnallend:* Du lügst, Kaufmann Popugaitschikow, unsre Zeit ist noch lange nicht vorbei!

*Raspljujew reicht ihm den Dreispitz – beide gehen außerordentlich gutgelaunt ab.*

III

*Dasselbe Zimmer im Privathaus.*

1

*Raspljujew allein.*

RASPLJUJEW *legt ein Papier auf den Tisch:* Ein erhabener Tag! *Klopft auf das Papier.* Hier ist die Verfügung: Ich bin Untersuchungskommissar, ich! Die allerstrengste Untersuchung wird durchführen – ich! Die allerdetaillierteste Nachforschung wird anstellen – ich! Alle Mauselöcher, alle Schlupfwinkel wird umstülpen – ich. Hm. Und wie lang ist es her, daß ich selber mich verkriechen mußte vor der Welt in diesen Schlupfwinkeln und Mauselöchern. Vor diesen Tressen, *zeigt auf seine Tressen,* habe ich gezittert und jetzt: Vor mir werden sie zittern, kriechen werden sie.

2

*Raspljujew, Och tritt ein.*

OCH He. Was ist mit dir los?

RASPLJUJEW Ach, wissen Sie, Antioch Elpidiforowitsch, jetzt, wo ich gewürdigt bin mit Rang und Ehre, mach ich mir Gedanken.

OCH Was heißt Gedanken. Paß du auf bei mir, vergiß deinen Platz nicht. *Droht mit dem Finger.* Verstanden?

RASPLJUJEW Ich bitte Sie – niemals!

OCH Ich sag dir eins: Fleiß und Gehorsam, Gehorsam und Fleiß. Nichts andres denke.

RASPLJUJEW Zu Befehl, Antioch Elpidiforowitsch.

OCH Andre würden vielleicht auch noch Ergebenheit verlangen. Ja, Ergebenheit brauch ich nicht. Wenn ich dich aus dem Dienst jag und mit Hunger töte, wirst du mir schon ergeben sein.

RASPLJUJEW So ist es, genau so ist es. Ich sag immer: Der Stock ist gut, wirklich gut, aber Hunger ist, nach meiner Meinung, besser. Mit Hunger erreichen Sie alles, mit Hunger rühren Sie sogar ein Herz.

Och Und ich werde rühren.

Raspljujew Ich will Ihnen sagen. Wie bin ich ein Mensch geworden? Der Hunger hat mich zugeritten. Mein Magen hat eine besondere Konstruktion. Das ist kein Wolf mehr, sondern ein Superwolf. Ach, drei Wölfe. Grütze braucht er einen Kübel. Was gibt man? Einen Fingerhut, und schon ist er scharf. Bis zur Tollwut. Also geh ich auf der Straße, klappre mit den Zähnen. Ich werde strebsam sein, ich werde fleißig sein. Führt mich, Heilige und Wundertäter, heraus aus dieser Hölle. Und so haben sie mich herausgeführt und eingestellt bei Ihnen.

Och Nu also – sieh dich vor!

Raspljujew Sie sehn, wie ich mich opfere: aus was für einem Handgemenge hab ich Ihnen einen Vampir beschafft.

Och Hast du ihn verhört?

Raspljujew Zur Probe.

Och Und?

Raspljujew Anfangs hat er sich gedreht, aber dann war er geständig. Ich bin gestorben, sagt er, und jetzt leb ich. Dann sagt er wieder: gern würd ich sterben, aber ich kanns nicht.

Och Und wie? Sagt er das mit offenem Herzen?

Raspljujew Ich bitte Sie, wie anders als mit offenem Herzen? Wo wir ihn doch schon den zweiten Tag nicht tränken. Da geht das Herz auf. Schließlich hat er gestanden, daß sie eine ganze Bande sind.

Och Also eine Verschwörung.

Raspljujew Ich habe Ihnen gemeldet, und ich melde Ihnen wieder: strengste Maßnahmen sind erforderlich. Durchgreifen muß man.

Och Fahr langsam.

Raspljujew Aber bitte, wenn der Arrestant selbst aussagt: Sie sind, sagt er, eine ganz große Partei. Auch der General Warrawin selber soll ein Wenderich sein.

Och Was sagst du da?

RASPLJUJEW Ei, ei, so ist die Aussage. Warrawin, sagt er, ist eine Schlange gewesen. Einen Stachel führt er bei sich und Gift von der grausamsten Sorte. Ihr, sagt er, müßt ihn aufdecken, den General.

OCH Und?

RASPLJUJEW Wir werden aufdecken, hahaha!

*Beide lachen.*

Alles gehört uns! Ganz Rußland werden wir kassieren.

OCH *lacht fröhlich und fuchtelt mit den Armen:* Was du nicht sagst, was du nicht sagst.

RASPLJUJEW Jawohl, ich bin jetzt dieser Meinung, unser ganzes Vaterland ist nichts weiter als eine Horde von Wölfen, Schlangen und Kaninchen, die sich alle plötzlich in Menschen verwandelt haben, und jeden verdächtige ich, und also muß man die Regel aufstellen: Jedem seinen Arrest.

OCH Warum nicht.

RASPLJUJEW Jawohl. Der Regierung einen Antrag in die Rippen: so und so, man muß in unserm Vaterland eine strenge Revision aller Personen durchführen. Wer sind sie eigentlich? Von wo? Haben sie sich nicht verwandelt? Haben sie nicht Stachel und Gift bei sich? Gibt es da nicht solche, die leben, aber eigentlich schon gestorben sind, oder solche, die gestorben sind, und dabei, gegen das Gesetz, noch leben.

OCH Und wahrscheinlich würde sichs herausstellen.

RASPLJUJEW Dann geht eine Jagd los! Was könnte man allein aus den Kaufleuten herausholen.

OCH Das wäre noch besser als eine Cholera.

RASPLJUJEW Was heißt Cholera? Was reden Sie von Cholera? Cholera ist eine Krankheit, und doch hat sie so eine Ernte gebracht, daß man noch jetzt davon erzählt. Aber hier geht es um Werwölfe, Nachtsauger, Vampire, das heißt Verbrechen: Sibirien und Fußketten!

OCH Und hast du den Gutsbesitzer Tschwankin vorgeladen wegen Briefwechsels mit dem Arrestanten?

RASPLJUJEW Gewiß.

OCH Gut. Und den Kaufmann Popugaitschikow?

RASPLJUJEW Er wird erscheinen.
OCH Sind die Zeugen da?
RASPLJUJEW Der und jener ist bereits erschienen.
OCH Also fang an! Aber paß auf, eine Regel: Beim Verhör nichts glauben.
RASPLJUJEW In der Beziehung bin ich schwach, ich glaube alles.
OCH Glaube nicht, sag ich dir. Ich mach es so: Komm und sag mir: »Schatala ist gekommen«. Wenn schon, ich glaub es nicht! Ich geh hin und seh nach.
RASPLJUJEW Ich mach es nicht so. Sagen Sie mir, Seine Exzellenz, der Herr Ober-Polizeimeister, betteln auf dem Trottoir. Ich werd es glauben! Verhaften. Und also nehm ich ihn beim Kragen.
OCH Den Ober selbst? Was du nicht sagst, was du nicht sagst.
RASPLJUJEW Kann nicht anders. So ist mein Charakter.
OCH Zügle dich.

3

*Die Vorigen, es tritt ein Christian Christianowitsch Möglich.*
CHRISTIAN Sie haben einen Arrestanten, der einen Arzt braucht.
OCH Jawohl. Er hat irgendwas im Magen, so ein Schmachten.
CHRISTIAN Das sind die Leiden des Rückenmarks.
OCH *ironisch:* Jawohl. *Beiseite:* Mit dem Finger ins Blaue getroffen.
CHRISTIAN Das sogenannte Rückenmark ist dem Magen benachbart. Die Entzündungen, welche im Magen stattfinden, übertragen sich auf dasselbe. Brand will zu Brand. Er braucht eine Wasserkur.
OCH UND RASPLJUJEW *winken ab:* Was denn, Christian Christianowitsch, sind Sie übergeschnappt? Wir verlieren unsre Köpfe!
CHRISTIAN Ich verliere niemals meinen Kopf.

Och Nein, nein, nein. Auf keinen Fall.

Christian Ich sage Wasserkur.

Och Ich verbiete es.

Christian Sie haben kein Recht. Ich bin Doktor!

Och Und ich bin Untersuchungsrichter. Ich habe geheime Gründe.

Christian Nun, das ist eine andere Sache. Vielleicht ein furchtbar wichtiger Verbrecher.

Och Und was für einer.

Christian Politisch.

Och Mehr.

Christian Was ist schlimmer als politisch?

Och Ein Vampir.

Christian *zusammenzuckend:* Hols der Teufel! – Was für ein. Ich weiß nicht.

Och Gebe Gott, daß Sies nie wissen.

Christian Das – das – ist – Frei-Maurer?

Och Schlimmer; und, Hauptsache: schädlicher.

Christian Nun, ich werde eine Mixtur aufschreiben.

Och Ausgeschlossen.

Christian Nu – ein Pillchen!

Och Ein Pillchen geht.

Chrisian Was soll ich aufschreiben. *Denkt nach.* Nu – Salis – nein, nein. *Denkt nach.* Nu – Extractum – Extractum – nein, nein – nu – assa foetida – ist solch – ich will ihm Teufelsdreck geben, das ist – Mist! – Ja: Mist vom Teufel!

Och Ausgezeichnet. Wenn es vom Teufel, wird es sein Geschmack sein. Die Sache ist nämlich die, Christian Christianowitsch: Sie verschreiben ihm, damit allenfalls ersichtlich wird, daß die Medizin ihre Hilfe geleistet hat.

Christian Ah – gut – sehr gut.

Och Nu, und was dabei herauskommt, dafür trägt die Medizin ja doch keine Verantwortung.

Christian *mit besonderer Überzeugung:* O nein! . . . Niemals! Ob sie heilt oder nicht, die Medizin verantwortet niemals. *Geht ab.*

OCH *zu Raspljujew:* Nu, Iwan Antonowitsch, jetzt fang an.

RASPLJUJEW *schreit in die Kanzleitür:* He, Wanitschka, hierher!

4

*Die Vorigen; Wanitschka kommt mit Schreibpapier herein und setzt sich an einen separaten Tisch.*

RASPLJUJEW Paß du mir auf, Hundesohn, nicht schlafen! Kein Wort auslassen, und daß du mir keine Groschen absammelst, sonst werd ich dich! He, Katschala! Wer ist da gekommen?

KATSCHALA Die Kleinbürgerin Brandachlystowa, Euer Geboren.

RASPLJUJEW Also, her mit der Brandachlystowa.

5

*Die Vorigen. Ljudmila Spiridonowna Brandachlystowa tritt ein.*

RASPLJUJEW *zu Ljudmila:* Der Name?

LJUDMILA *schüchtern:* Wie?

RASPLJUJEW *brüllt:* Der Name?

LJUDMILA Ljudmila, meine guten Herrchen, Ljudmila Spiridonowna.

RASPLJUJEW Na, du, Ljudmila Spiridonowna, hast du Ssila Kopylow gekannt?

LJUDMILA Gekannt.

RASPLJUJEW Und Candide Tarelkin, hast du den gekannt?

LJUDMILA Nein, nicht gekannt.

RASPLJUJEW Nu, hat man dir jetzt den Ssila Kopylow gezeigt? Hast du ihn gesehen?

LJUDMILA Gesehn.

RASPLJUJEW Du erkennst ihn?

LJUDMILA Ich erkenne.

RASPLJUJEW Das ist er also selbst?

Ljudmila Er ist es, gute Herrchen, und er is es wieder nicht.

Raspljujew *zu Och, wichtig:* Da, da haben wir es! *Zu Wanitschka:* Schreib!

Ljudmila *fährt fort:* Wie ist denn seine Name?

Raspljujew Ssila Ssilitsch Kopylow.

Ljudmila Also, er is es.

Raspljujew Aber vom Ansehen?

Ljudmila Vom Ansehen is ers nicht.

Raspljujew *zu Och:* Da haben wir es. Befehlen Sie aufzuschreiben?

Och Unbedingt. *Zu Wanitschka:* Schreib.

Raspljujew Schön, mein Täubchen. Jetzt noch eins: wir haben Ssila Kopylow im Verdacht, daß er ein Wenderich ist.

Ljudmila Is schon möglich, gute Herrchen, aus dem kann alles werden. Der hat doch seine eigenen Kinder nicht erkannt, ein Schurke von Mensch, aus dem kann alles werden.

Raspljujew Du hast mit ihm gelebt?

Ljudmila Jawohl.

Raspljujew Nu, was? Hat er sich gewendet?

Ljudmila Immer.

Raspljujew Zu was hat er sich gewendet?

Ljudmila Zur Wand.

Raspljujew Wie hat er sich zur Wand gewendet?

Ljudmila Sowie ich ins Bett hineinsteig, hat er sich, der Lump, mit seiner Schnauze gleich zur Wand gewendet. Auf die Art hab ich mich mit ihm ganze elf Jährchen gequält, die Augen ausgeweint hab ich mir mit dem Räuber; kein Auge mach ich zu und weine, und er schnarcht vor sich hin, die Pest auf ihn! Und jetzt hat er, der Hengst, sich losgesagt von mir und von den Kindern losgesagt, will uns nicht füttern, das sind nicht meine Kinder, sagt er. Wem denn, frag ich, sind diese Kinder, wenn nicht deine? Sag, wem? Aber er sagt nichts.

Raspljujew Und jetzt, du, wenn du gesehn hast, wie er sich auf die Manier zu einer Wand gewendet hat, hast dich nicht gescheut, mit ihm zu schlafen?

LJUDMILA Hab mich gescheut, Herrchen, hab mich gescheut, aber was soll ich machen? Ich bin bloß ein Weib.

RASPLJUJEW *zu Och:* Hat sich in den Aussagen widersprochen, ist mit dem Verbrecher im Konkubinat. Befehlen Sie nicht zu arretieren?

OCH Ja, ja, arretieren.

LJUDMILA O, meine Väter, Wohltäter, was machen Sie. Fürchten Sie Gott, ich habe Kinder, muß sie füttern.

OCH I, meine Liebe, die Nachbarin wird sie schon füttern.

LJUDMILA Die Nachbarin? Das ist so eine Schlampe, mit Absicht wird sie die Kinderchen umbringen.

OCH Sie wird nicht umbringen. Und wenn sie umbringt, trägt sie die Verantwortung. Wir lassen nichts durchgehn.

LJUDMILA Ja, wenn sie die Verantwortung trägt... *Sie wird abgeführt.*

6

*Die Vorigen und Gutsbesitzer Tschwankin.*

TSCHWANKIN *tritt mit großem Aplomb ein:* Was soll das? Sagen Sie, wer hat hier das Kommando?

RASPLJUJEW Der Herr Revier-Kommissar.

TSCHWANKIN *geht auf und ab:* A! der Kommissar, der Revier-Kommissar. Und wie wagt er es, der Revier-Kommissar, mich zu belästigen, he? Wie wagt er es?

RASPLJUJEW Also bitte, belieben Sie sich mit ihm auseinanderzusetzen. *Zeigt auf Och.*

TSCHWANKIN *zornig:* Nein, ich frage, wie wagt er es? Weiß er, wer ich bin? Wie? Ich, ich selbst habe Macht! Ich bin der Gutsbesitzer Tschwankin! Ich habe im Saratowschen Gouvernement zweihundert Seelen! Ich habe im Simbirskschen Gouvernement zweihundert Seelen! Ich habe, weiß der Teufel, wo, weiß der Teufel, wieviel Seelen! Ich werde – er wird. *Geht im Zimmer auf und ab und hämmert auf die Tische.*

RASPLJUJEW *zu Och:* Was werden Sie hier zu tun befehlen? Man weiß nicht.

OCH *zwinkert zu Raspljujew:* Lad seine Hoheit ein, in die Dunkelkammer.
RASPLJUJEW Kann man?
OCH Man kann. *Zu Wanitschka:* Schreib eine Verfügung, du weißt, nach der Form, widersprechende Aussagen, eine Last auf der Seele, und so weiter.
TSCHWANKIN *dreht sich plötzlich zu Raspljujew um:* Welche Seele? Sagen Sie, welche? Meine? Nehmen Sie zur Kenntnis, daß ich im Saratowschen Gouvernement dreihundert Seelen habe, daß ich im Simbirskschen Gouv...
RASPLJUJEW *zu Katschala und Schatala:* Hopp in die Dunkelkammer!
*Die beiden greifen Tschwankin unter die Arme.*
TSCHWANKIN *schreit:* Wieso in die Dunkelkammer? Halt! Sie da! He! Halt! Warum? Ich erhebe Protest!! *Schlägt mit den Beinen in der Luft.* Meine Adresse ist. Ich lebe zu Füßen des Thrones, ich lebe zu Füßen. *Seine Stimme verliert sich im Korridor.*

7

*Die Vorigen und Kaufmann Popugaitschikow (welcher mit schnellen Verbeugungen eintritt).*
RASPLJUJEW Der Name?
POPUGAITSCHIKOW Flegont Jegorytsch – jawohl.
RASPLJUJEW Familie.
POPUGAITSCHIKOW Popugaitschikow, jawohl.
RASPLJUJEW Stand?
POPUGAITSCHIKOW Wir handeln, jawohl.
RASPLJUJEW Womit?
POPUGAITSCHIKOW In Sachen Wein.
RASPLJUJEW Nu, haben Sie den Angeklagten gekannt?
POPUGAITSCHIKOW Ich bitte, wie soll unsereiner ihn kennen?
RASPLJUJEW Wie soll Ihrer einer ihn nicht kennen.
POPUGAITSCHIKOW Ja, woher kenn ich ihn?
RASPLJUJEW Sie sind verpflichtet, ihn zu kennen.
POPUGAITSCHIKOW Was machen, hab ihn nicht gekannt.

RASPLJUJEW *nach einem Schweigen:* Väterchen, wir lassen nicht locker.

POPUGAITSCHIKOW Wie es gefällig ist.

RASPLJUJEW *zu Och:* Befehlen Sie fortzusetzen?

OCH Fortsetzen.

RASPLJUJEW *haut mit der ganzen Hand dröhnend auf den Tisch:* Wissen Sie auch, was für einen Fall wir untersuchen, he? Ein Wenderich, ein Werwolf, ein Menschensauger, ein Vampir ist arretiert! Sitzt in Ketten, macht Geständnisse! *Haut wieder.* Was haben Sie dazu zu sagen?

*Popugaitschikow blickt von der Seite auf Raspljujew, zieht eine Banknote heraus und überreicht sie Och.*

OCH *liest weiter in den Papieren und sagt, ohne zu Popugaitschikow aufzublicken:* Was ist das?

POPUGAITSCHIKOW Dankbarkeit.

OCH Was für eine?

POPUGAITSCHIKOW Eine fünfundzwanzig-rublige.

OCH Ich kann nicht.

POPUGAITSCHIKOW Haben Sie die Güte.

OCH Ich kann nicht.

POPUGAITSCHIKOW Kränken Sie mich nicht, Euer Hochwohlgeboren.

OCH Ich kann nicht, sage ich Ihnen, ich wäre froh, aber ich kann nicht.

POPUGAITSCHIKOW *seufzend:* Also bitte schön. *Zieht noch eine Banknote heraus.*

OCH Hör mal, Flegont Jegorytsch, du kennst mich?

POPUGAITSCHIKOW Ich bitte Sie.

OCH Also, soso Brüderchen, ohne Tricks: nicht eine Kopeke weniger als hundert Rubel.

POPUGAITSCHIKOW Sie kränken mich, Euer Hochwohlgeboren.

OCH Was für eine Kränkung?

POPUGAITSCHIKOW Sie kränken mich.

OCH Nu, glaubst du an Gott? Glaubst du?

POPUGAITSCHIKOW Ich glaube.

OCH Also, ich kann nicht.

POPUGAITSCHIKOW Warum diese Kränkung?

OCH Was für eine Kränkung? Keine Kränkung. Willkür, ja, das ist eine Kränkung. Aber wo, zum Teufel, ist die Willkür, wenn es meine Notwendigkeit ist. Ich kann nicht.

POPUGAITSCHIKOW *seufzt auf:* Ganz nach Ihrem Belieben. *Gibt einen Hundertrubelschein ab und geht zum anderen Tisch. Zu Wanitschka:* Na, du Nisse, wo unterschreib ich?

WANITSCHKA *reicht ihm die Feder:* Bitte hier, Flegont Jegorytsch, bitte, hier das Federchen, wir werden Ihnen alles aufs beste, Flegont Jegorytsch, jawohl, ja. Haben Sie die Gnade, Flegont Jegorytsch.

POPUGAITSCHIKOW Du Nesselsamen, hier! *Gibt ihm Geld und geht ab.*

RASPLJUJEW *zu Katschala:* Ist noch wer da?

KATSCHALA Der Hauswart Pachomow.

RASPLJUJEW Her mit Pachomow.

*Och geht hinaus.*

## 8

*Raspljujew und der Hauswart (den ein Gerichtssoldat mit Gewalt hereinschleppt).*

RASPLJUJEW *zum Hauswart:* Komm näher.

*Pachomow bleibt an der Tür stehen.*

Komm näher, ist gesagt.

*Der Gerichtssoldat pufft ihn.*

Komm näher zum Tisch, Teufel. Ich freß dich nicht.

*Pachomow tritt vor.*

Du bist Zeuge?

PACHOMOW Ich – das?

RASPLJUJEW *ihn parodierend:* Jawohl, du das.

PACHOMOW Was?

RASPLJUJEW Daß dich! *Eindringlich:* Bist du ein Zeuge?

PACHOMOW *sich windend:* Was?

RASPLJUJEW *fährt ihm mit der Faust dicht vor die Zähne:* Bist du ein Zeuge?

PACHOMOW *sich ermunternd:* Ein Zeuge, Herr, ein Zeuge.

RASPLJUJEW *tritt auf die Vorderbühne:* Jetzt fang ich an, die Macht zu spüren. *Zu Pachomow:* Kanntest du deinen Mieter, den Hofrat Ssila Kopylow?

PACHOMOW Was?

RASPLJUJEW *holt aus:* A ...

PACHOMOW Ich kannte ihn, Herr, ich kannte ihn.

RASPLJUJEW Also, jetzt sag du mir, hast du nicht bemerkt, daß er sich in irgendwas gewendet hat?

PACHOMOW Was?

RASPLJUJEW *stellt sich vor ihm auf mit eingestemmten Armen:* Bestie, Kanaille, Erzkanaille! Was soll ich lange um dich herumtanzen? Von deiner Sorte Rindvieh muß ich noch fünfundzwanzig Stück verhören. Kanaille, kann ein Mensch das aushalten? Ein Mensch kann das nicht aushalten.

PACHOMOW *demütig:* Herr, wie Euer Gnaden belieben.

RASPLJUJEW Soso. Wie es mir beliebt. Mir beliebt es so, gut. He, Schatala!

*Schatala kommt heran.*

Stell dich dort hin! *Stellt Schatala hinter Pachomow auf.* Jetzt, sowie ich ihm eine Frage stelle, wischst du ihm eine, und so, daß die Antwort ihm wie eine Kugel herausfliegt. Verstanden?

SCHATALA Wie solln wir das nicht verstehen, Euer Naden. *Will auf Pachomow losschlagen.*

RASPLJUJEW *hält seine Hand fest:* Du Idiot, nicht so. Erst, wenn ich ihm die Frage stelle.

SCHATALA Zu Befehl, Euer Naden.

RASPLJUJEW *stellt sich vor Pachomow auf:* Also Söhnchen, jetzt erklär mir, was hast du Besonderes bemerkt an deinem Mieter Ssila Kopylow?

PACHOMOW *schielt nach hinten:* Was – ich – bemerkt – bei Kop –, *kriegt einen Stoß in den Nacken und beißt sich unversehens auf die Zunge,* uuu – uuu – alle Heiligen.

RASPLJUJEW *leidenschaftlich zu Schatala:* Esel! Was verschlägst du ihm die Rede? Wie? Was hab ich dir befohlen. *Tritt mit geballten Fäusten zu Schatala heran.*

Du hörst nicht auf meine Befehle, wie?
*Schatala starrt ihn an.*
Warte, du Ochse, jetzt werd ich die Mechanik aufbaun. He, Katschala, komm her!
*Katschala tritt heran.*

KATSCHALA Was beliebt, Euer Naden?

RASPLJUJEW Stell dich hinter diesen Ochsen. *Stellt ihn hinter Schatala auf.* Siehst du, so, *hebt ihm die Faust hoch,* so! Wenn ich dir das Signal gebe, schiebst du sie ihm ins Genick. *Zu Schatala:* Dann wirst du, Ochsenschnauze, wissen, wann du auf den Zeugen zu hauen hast. *Tritt zurück und betrachtet.* Nun also, meine Freunde, jetzt hab ich euch die Mechanik aufgebaut. Und wie aufgebaut...
*Die Gerichtssoldaten stehen in angegebener Pose, Raspljujew erfreut sich an dem Anblick.*
Jetzt kann man sich ausruhen. *Setzt sich auf einen Stuhl. Auf der Vorderbühne stehen, vom Zuschauerraum gesehen, von rechts nach links Katschala, dahinter Schatala, dann Pachomow, vor ihm auf dem Stuhl Raspljujew.* Die Maschine geht von selbst. *Räkelt sich gutgelaunt auf dem Stuhl und schaukelt ein wenig.* Also, Freundchen, jetzt erklär mir, was hast du Besonderes bemerkt an deinem Mieter Ssila Kopylow?
*Gibt das Signal. – Katschala haut Schatala – Schatala haut Pachomow – Pachomow fliegt durch die Luft und landet auf Raspljujew. Beide fallen zur Erde und rollen über den Fußboden. Lärm und Verwirrung.*

PACHOMOW Oi, oi, oi. Herr Gottchen. Ich. Bin. Tot. Ich. Bin. Tot.

RASPLJUJEW *außer Atem, steht mit Mühe auf:* Ah, halt, ah, den Rücken zerbrochen. Uuu, Teufel! Henker! *Bringt sich in Ordnung.* Viehtreiber, verdammte... Was für Schnauzen!

OCH *tritt ein:* Und was? Was ist los?

RASPLJUJEW Ich weiß nicht, Antioch Elpidiforowitsch. Diesen Hauswart verhöre ich – und es kommt nicht heraus.

PACHOMOW Och. Oh. Ich. Bin. Tot. Ich. Bin. Tot.

OCH *sieht auf Pachomow, dann zu Schatala:* Warum, du Holzkopf, haust du so?

SCHATALA Seine Naden haben geruht zu sagen: hau – und ich hab gehauen.

OCH So schlägst du einen Menschen tot.

SCHATALA Jawohl, nein, Euer Naden, ich kenn das Maß, ich hab ihm ins Genick gehaun. Seine Naden hat streng vorgeschrieben: Wenn du mir, sagt er, einen Menschen totschlägst, werd ich dich so mit dem Knüppel eindekken, so daß ich das also im Kopf hab.

PACHOMOW *wirft sich auf die Knie:* Väterchen, Euer Exzellenz, schonen Sie mich; auch so werd ich sagen, bei Gott, ich werd sagen, ich kann nicht mehr den Hals drehn. Was Sie wollen, werd ich sagen. *Wischt sich mit der Faust die Tränen ab.*

OCH Also und – Nu Ihr, Dummköpfe, zum Teufel alle. *Jagt die Gerichtssoldaten hinaus. Zu Pachomow:* Nu, sprich! Und sprich ausgiebig, Brüderchen, dreh dich nicht. Hast du nicht gesehn, wie der Kopylow sich gewendet hat zu irgendeinem Vieh oder Raubtier?

PACHOMOW Nein, Euer Gnaden, bei Gott, nein, er hat sich zu keinem Vieh gewendet.

RASPLJUJEW Du lügst.

PACHOMOW *überzeugend:* Bei Gott, er hat sich nicht gewendet; machen Sie, was Sie wollen, er hat sich nicht gewendet, ja – zur Wand – zur Wand hat er sich in der Tat gewendet.

RASPLJUJEW *mit Feuer:* Ah! Das ist es!

OCH Auf welche Weise?

PACHOMOW Nun, wenn er so herunterkommt die Treppe, kam es vor – daß er sich zur Wand gewendet hat.

RASPLJUJEW Zur Wand? Und das hast du gesehn?

PACHOMOW Wie denn nicht, Euer Gnaden, das hab ich gesehn.

RASPLJUJEW Was hast du gesehn?

PACHOMOW Daß das Gesicht nicht zu sehn war.

RASPLJUJEW Also du hast gesehn, daß das Gesicht nicht zu sehn war?

PACHOMOW Jawohl.

RASPLJUJEW Und wo war das Gesicht?

PACHOMOW Zur Wand.

RASPLJUJEW *mit Feuereifer:* Aiaiai – ist sie groß, die Wand?

PACHOMOW Wie unsre Wand eben ist.

RASPLJUJEW Pfui, mein Gott! Die Länge?

PACHOMOW Fünfundsiebzig Meter.

RASPLJUJEW Die Höhe?

PACHOMOW Fünfzehn Meter.

RASPLJUJEW *zu Wanitschka:* Schreib! *Zum Publikum:* Auf meinem Rücken geht das Eis spazieren ... *Zu Och:* Belieben Sie zu sehen, Euer Hochgeboren, das ist außerordentlich.

*Och nickt zustimmend.*

Und welche Übereinstimmung mit der Aussage der Brandachlystowa! Zwei gleiche Zeugenaussagen – lückenloser Beweis!

OCH Ja, ja! *Zu Wanitschka:* Fertige die Verfügung aus. Den Hauswart in Arrest.

PACHOMOW *auf den Knien:* Euer Hochgeboren, richten Sie mich nicht zugrunde.

OCH Geht nicht, mein Bester.

PACHOMOW Gnade, Herr, wer wird die Straße fegen?

OCH Hast du eine Frau?

PACHOMOW Wie soll ich keine haben; ich hab eine Frau.

OCH Nu, die Frau wird fegen.

PACHOMOW Wie soll sie fegen, sie wird nicht fegen.

OCH Nu, dann kommt der Schutzmann und nimmt den Stock. Und sie wird fegen.

PACHOMOW Nu, wenn der Schutzmann den Stock nimmt – *wird abgeführt.*

OCH *zu Katschala:* Jetzt führ mir mal diesen Gutsbesitzer wieder herein.

*Katschala öffnet vorsichtig die Tür zum dunklen Korridor. Raspljujew versteckt sich hinter Och.*

9

*Die Vorigen, aus dem dunklen Korridor kommt langsam Tschwankin heraus.*

TSCHWANKIN *sich im Zimmer umblickend:* Herrschaften. Habe die Ehre! *Wechselt Verbeugungen mit Och.* Wenn es Ihnen beliebt mich zu befragen, hier bin ich mit meiner ganzen Bereitwilligkeit. *Macht Verbeugungen.*

OCH Jawohl, wir bitten darum.

TSCHWANKIN Mit Vergnügen, sogar mit dem größten Vergnügen. Hätten die mirs gleich gesagt, ich hätte gleich mit dem größten Vergnügen ... *Zu Wanitschka:* Mein Lieberchen, reich mir das Federchen, damit ich die Antwortchen aufschreiben kann.

RASPLJUJEW Also: haben Sie Tarelkin gekannt?

TSCHWANKIN *eifrig:* Tarelkin? Nein, nicht gekannt.

RASPLJUJEW Und haben Sie Kopylow gekannt?

TSCHWANKIN Kopylow? Jawohl.

RASPLJUJEW Die Untersuchung hat aufgedeckt, daß Sie mit dem Angeklagten in einer seltsamen und sehr geheimnisvollen Korrespondenz standen.

TSCHWANKIN Was für ein Geheimnis? Ich hab mit ihm über die Mädchen korrespondiert.

RASPLJUJEW Wie? Was?

TSCHWANKIN Ich hab bei ihm drei Mädchen gekauft.

RASPLJUJEW Drei? Drei Mädchen? Gekauft? *Zu Och:* Ist vom Gesetz verboten.

OCH Strengstens. Weiter.

RASPLJUJEW Wann und mit welcher Absicht haben Sie beim Angeklagten die Mädchen gekauft und, vor allem, in solcher Menge?

TSCHWANKIN Sehn Sie, ich war, offen gestanden, selbst im Zweifel.

OCH Das ist keine Entschuldigung, das akzeptieren wir nicht.

RASPLJUJEW Das akzeptieren wir nicht!

OCH *zu Raspljujew:* Schweig. *Zu Tschwankin:* Unkenntnis, Herr, der Gesetze entschuldigt niemanden. Belieben Sie auszusagen.

TSCHWANKIN Ich lebe in Moskau, plötzlich kommen zu mir von meinem Simbirskschen Gut die Bauern. Väterchen, sagen sie, gnädiger Herr, kaufen Sie uns Mädchen. Wo soll ich Mädchen kaufen, sag ich, Ihr Herdenvieh, für euch. Ja, wir sind schon handelseinig. – Schon handelseinig? – Jawohl, der Preis ist festgesetzt. – Wie teuer? – Fünfundzwanzig Rubel. – Pro Hundert? – Aber nein, sagen sie, pro Stück. – Sind sie hübsch? – Prachtvolle Mädchen, sagen sie. – Nu, denk ich mir, das ist billig! Stellen Sie sich vor: so ein ganzes Mädchen, so wie sie ist, für fünfundzwanzig Rubel!

RASPLJUJEW *hingerissen:* Billig! So ein ganzes Mädchen. *Zeigt mit den Händen, wie sie ist.* Das würd ich selber geben!

TSCHWANKIN Also frag ich die Leute: wo sind solche Mädchen zu kaufen?

RASPLJUJEW Ja, das ist interessant: wo sind sie zu kaufen?

TSCHWANKIN Da sagen mir die Bauern: In der Nachbarschaft, auf dem Gut vom Fürsten, beim Verwalter Ssila Ssilitsch Kopylow. Ich schreibe Kopylow einen Brief, er antwortet, und so fing unsere Korrespondenz an.

OCH Korrespondenz hin und her, aber die Sache ist trotzdem ernst: Mädchenhandel ist verboten.

TSCHWANKIN Nein, erlauben Sie. Das ist kein Handel, die Mädchen gehen auf Rechnung der Pachtsteuer.

OCH Das wollen wir noch sehen, auf wessen Rechnung das geht. In dieser Sache muß unbedingt eine Ermittlung eingeleitet werden. Und darum belieben Sie, erstens, Ihre Aussage unterschriftlich zu bestätigen. *Tschwankin setzt sich und unterschreibt Blatt für Blatt.*

RASPLJUJEW *steht in Nachdenken versunken:* Ech! Verdammt! *Schlägt sich mit der Hand vor die Stirn.* Billig!

OCH *zu Raspljujew:* Komm zu dir, du Nachgeburt. *Zu Tschwankin:* Und belieben Sie zweitens einen Revers unterschreiben zu wollen, daß Sie die Stadt nicht verlassen werden.

TSCHWANKIN *der im Unterzeichnen fortfährt:* Warum

der Revers; was für ein Revers. Auch so werd ich aus der Stadt nirgendwo hingehn.

OCH So ist die Form. Eine Formsache.

TSCHWANKIN *fester:* Ich sage Ihnen, daß ich nicht geh, also können Sie mir glauben. *Erhebt sich.* Ich denke, zwischen Ehrenmännern genügt ein Ehrenwort. *Nimmt seinen Hut und will gehen.*

OCH Geht nicht.

TSCHWANKIN Zum Teufel, wenn ich es sage, genügt das! *Geht schnell zur Tür.*

OCH *gibt dem Gerichtssoldaten ein Zeichen:* He, Katschala.

*Katschala und Schatala nehmen Tschwankin an den Armen fest.*

TSCHWANKIN Was ist das? Halt. Wieder in die Dunkelkammer?

OCH Jawohl. Wir müssen wieder bitten. *Zu den Gerichtssoldaten:* Tragt ihn in die Dunkelkammer.

*Man beginnt Tschwankin in den Korridor zu tragen.*

TSCHWANKIN *mit den Beinen zappelnd:* Also gut, den Revers. Lieber den Revers. Halt! Ihr Verdammten.

*Man trägt ihn in den Korridor.*

Ich gebe den Revers! Zwei Revers!

OCH *zu den Gerichtssoldaten:* Katschala! Zurück!

TSCHWANKIN *sucht sich den Händen zu entziehen:* Ich werde mit Vergnügen, ich werde mit großem, hols der Teufel, Vergnügen den Revers geben. Wenn Sie wollen, drei Revers.

WANITSCHKA *reicht ihm die Feder:* Belieben zu unterschreiben.

*Tschwankin unterschreibt.*

OCH *seufzt auf:* Alles, Herr, ist Form, alles Form.

*Tschwankin verbeugt sich und geht ab.*

10

*Och, Raspljujew, es tritt ein Warrawin.*

WARRAWIN Was tut sich, meine Herren, bei Ihnen?

Och Wir führen die Untersuchung, Exzellenz; zwei Zeugen sind bereits vernommen. Die Zeugen sagen aus.

Warrawin Was denn?

Och Er hat sich gewendet.

Warrawin Schön. *Zu Raspljujew:* Und was?

Raspljujew Er verzehrt sich.

Warrawin Man hat ihm kein Wasser gegeben?

Raspljujew Keinen Tropfen.

Warrawin Und folglich: Melancholie, keine Kraft?

Raspljujew Kraft? Er krepiert beinah.

Warrawin *reibt sich die Hände:* Schön.

Raspljujew In letzter Zeit, bei aller Bosheit, ist er schwächer geworden. Er hat gestanden. Er gibt an, daß er bei Ihnen gedient hat, allerdings mit Widersprüchen, er lügt immer, die wahre Ehrlichkeit ist es noch nicht.

Warrawin Geduld, Brüderchen, sie wird kommen. *Zu Och:* Sie müssen wissen, daß ich Ihnen als Zeuge betreffs Tarelkin eine wertvolle Angabe machen kann. Während er noch lebte, hat er mir, mit tiefer Bitterkeit, eröffnet, als dem Vorgesetzten, daß er zuweilen ein Kaninchen sei!

Och Das eigene Geständnis ist der beste Beweis, laut Gesetz.

Warrawin Ja, und daß seine eigenen Gläubiger ihn in diesem Zustand durch die Straßen hetzen. Was ihm alles, nach seinen eigenen Worten, unaussprechliche Qualen bereitet.

Raspljujew Wunderbar, Exzellenz. Da haben wir also bereits zwei Zeugenaussagen, daß der Arrestant sich gewendet hat, und dazu sein eigenes Geständnis Ihnen gegenüber.

Och Nach dem Gesetz der volle Beweis!

Warrawin Mit einem Wort: die Sache nimmt Gestalt an. Ausgezeichnet. Jetzt muß ich ihn unbedingt befragen in einer speziellen Angelegenheit. *Zu Och:* Befehlen Sie, daß er gebracht wird.

Och Sofort, Exzellenz. He, Katschala! Bringt den Arrestanten.

11

*Die Vorigen; die Gerichtssoldaten tragen Tarelkin herein, der noch auf demselben Stuhl, mit einer Schnur gefesselt, sitzt.*

TARELKIN *mit schwacher Stimme:* Wasser. Och Wasser.

WARRAWIN *tritt zur Seite; zu Raspljujew:* Verhören Sie.

RASPLJUJEW *feierlich:* Sag ehrlich: wer bist du?

TARELKIN Ooh – Ich, Kopylow.

RASPLJUJEW Quatsch.

TARELKIN Also ich gestehe, ich bin Tarelkin. Wasser, ooh. Scheiße.

RASPLJUJEW Auch das glauben wir nicht. Wir glauben gar nichts.

TARELKIN Gebt mir doch Wasser, alles, was ihr wollt, sage ich. Wasser.

RASPLJUJEW Sprich. Bist du ein Vampir?

TARELKIN Ein Vampir.

RASPLJUJEW Ein Werwolf? Ein Nachtsauger?

TARELKIN Ja, ja, ooh.

RASPLJUJEW Wer sind deine Komplizen?

TARELKIN Ganz Petersburg und ganz Moskau.

RASPLJUJEW *zu Och:* Da ist es! *Laut:* Gib mit Namen an. Wer und Wer?

TARELKIN Als ob sie so wenig sind!

RASPLJUJEW Gib an, sag ich! Den harten Kern zuerst.

TARELKIN Wiwetz der Henker. Maxim Warrawin, Revierkommissar Och, Revieraufseher Raspljujew.

RASPLJUJEW *in Verwirrung:* Da haben wirs. *Zu Och:* Was werden Sie hier befehlen zu tun?

WARRAWIN *zu Raspljujew:* Fahren Sie fort!

RASPLJUJEW Sag, was ihr gemacht habt.

TARELKIN Ooh, die Menschen gequält... So wie ihr mich quält jetzt, ooh.

RASPLJUJEW *streng:* Du, dreh dich nicht! Wen habt ihr totgequält?

TARELKIN Viele.

RASPLJUJEW Und was. Habt ihr das Blut gesaugt?

TARELKIN Jawohl, alles Blut gesaugt. Gebt mir Wasser,

ihr Schlangenbrut. Was für eine Hitze. Was für eine Sonne brennt mich. Ich fahr nach Algier. Nach Timbuktu. Was für eine Wüste, kein Mensch, Dämonen.

WARRAWIN *leise zu Och und Raspljujew:* Gehen Sie hinaus. Ich werde ihn selbst verhören.

*Och und Raspljujew gehen hinaus in das Amtslokal.*

12

*Warrawin und Tarelkin.*

WARRAWIN *tritt nah an Tarelkin heran:* Ich bin hier, du leerer Mensch! In meiner Hand bist du, alles ist entdeckt, alles weiß ich; du bist verloren.

TARELKIN *klagend:* Ooh, ooh, alles ist mir gleich.

WARRAWIN Gesteh: du hast die Papiere gestohlen. *Schweigen.* Gib sie oder in Sibirien wirst du ...

TARELKIN *langsam, mit einem Blick auf Warrawin:* Eben darum werd ich in Sibirien nicht sein, weil ich sie nicht gebe!

WARRAWIN Du stirbst.

TARELKIN Ich sterbe. Aber ich geb sie nicht.

WARRAWIN Qualvoll stirbst du. Mit deinem Durst werd ich dich zu Tode quälen. He, Katschala!

*Katschala tritt ein.*

Bring mir, Brüderchen, ein Gläschen Wasser.

TARELKIN Was für eine Qual! Was für eine Hitze!

*Katschala reicht Warrawin ein Glas Wasser.*

WARRAWIN *trinkt:* Sehr gutes Wasser. Was ist das, Brüderchen: Leitungswasser oder Quellwasser?

KATSCHALA Quellwasser, Euer Exzellenz, direkt aus dem Fluß.

WARRAWIN Gut, Brüderchen, du kannst gehen.

TARELKIN *zuckt hin und her:* Uu, mein Gott, was für eine Qual! *Zu Warrawin:* Da. Da haben Sie: Nehmen Sie! *Zieht unter der Weste die Papiere hervor.* Da sind sie, Ihre Papiere, nur Wasser ... *Streckt die Hände vor.* Geben Sie, geben Sie.

WARRAWIN *nimmt die Papiere:* Warte. Vielleicht betrügst du mich. *Sieht die Papiere durch.* Stimmt, stimmt; sie sind es! *Gibt Tarelkin Wasser.* Ach, Verräter. Ach du Schinder.

*Tarelkin trinkt.*

Schlange, Provinzviper!

TARELKIN *trinkt:* Maxim Kusmitsch, und wohin jetzt mit mir? *Erholt sich wieder.* Besser, ich fahr weg, irgendwohin.

WARRAWIN *bindet ihn los:* Geh zum Teufel. Fahr zur Hölle. Nur mir aus den Augen.

TARELKIN *steht auf und gewinnt ein wenig Fassung:* Nu, mein Mütterchen, Euer Exzellenz, Maxim Kusmitsch. Nu. Seien Sie nicht böse. Seien Sie mein leiblicher Vater. *Verbeugt sich tief.* Verzeihen Sie! Nu, was soll man machen, es hat nicht geklappt, nu, Sie haben gewonnen! *Kichert.* Bei unserm gemeinsamen Schöpfer. Helfen Sie mir jetzt: geben Sie mir die Papiere, die Papiere von Kopylow. Wo soll ich hin ohne die! Nur seinen Paß. Auf der Stelle schwirr ich ab nach Moskau.

*Beide treten an den Tisch und wühlen in den Papieren herum.*

WARRAWIN Da ist das Paßformular. Da, nimm! *Gibt ihm das Formular.*

TARELKIN Aber die Empfehlungen, die Empfehlungen.

WARRAWIN Hier hast du auch die Empfehlungen. *Gibt ihm die Empfehlungspapiere.* Daß dich die Erde verschlingt.

TARELKIN Ich gehe, bei Gott, ich gehe. Nur, Maxim Kusmitsch. *Stellt sich in bittende Positur:* Auf den Weg, Sie verstehn …

WARRAWIN *fährt sich voll Wut in die Tasche:* Da hast du, da! Teufel, Satan, Vampir, verfluchter! *Gibt ihm Geld.* Mein Blut hast du mir ausgesaugt. *Stößt ihn zur Tür.*

TARELKIN *nimmt sich, auf der Hinterbühne, die Perücke ab, das Gebiß heraus, krümmt sich zusammen und erlangt wieder das Aussehen von Kopylow. Darauf dreht er sich um und tritt an die Rampe, wirft einen langen Rundblick auf das Publikum:* Meine Herrschaften, brauchen Sie nicht einen Gutsverwalter? Sehen Sie, ich habe hier Zeugnisse und Empfehlungen. *Zeigt die Empfehlungen.* Von der Praxis nicht zu reden: ich bin durch Feuer und Wasser gegangen! Was die Ehrlichkeit betrifft, Sie haben selbst gesehn: für die Wahrheit habe ich gelitten! Beglaubigungen kann ich vorlegen von jedem beliebigen landwirtschaftlichen Monsunverein. Doch besonders fühle ich in mir den Trieb zur Branntwein-Produktion. Da spricht einfach die Natur. Ich organisiere Ihnen eine fabelhafte Siebenfelder-Wirtschaft, mit jedem beliebigen Dünger, Kompost, wenn Sie wollen, oder Knochenmehl oder was Flüssiges, oder vielleicht mögen Sies fester, alles kann Kopylow! Oder Liebig-Pulverchen, das mach ich aus der hohlen Hand. Mit einem Wort, ich führe Ihnen den Fortschritt ein: Rationalisierung auf wissenschaftlich-freiwilliger Basis. Ich werd Sie bearbeiten, daß Ihnen das Maul offen steht. Denken Sie nach. Ich bin eine schöne Gelegenheit. *Pause.* Was denn? Nein?! Sie wollen nicht? *Wendet sich an einen aus dem Publikum:* Versäumen Sie nicht, verehrter Herr, für alle Fälle meine Adresse zu notieren: Hochwohlgeboren Hofrat Ssila Ssilitsch Kopylow – per Exzellenz Maxim Kusmitsch. *Zeigt auf Warrawin.* Seine Gnaden wirds mir übergeben. Er tut alles für mich. *Verbeugt sich und huscht davon.*

WARRAWIN *ruft ihm hinterher:* Ich sage dir: fahr senkrecht in die Hölle. Dort wird man dir nicht absagen. Dort nehmen sie dich auf.

Wladimir Majakowski
# WLADIMIR MAJAKOWSKI TRAGÖDIE

Mitarbeit Ginka Tscholakowa

PERSONEN

Wladimir Wladimirowitsch Majakowski, *Poet, 20-25 Jahre* / Seine Bekannte von zweibisdrei Klaftern, *redet nicht* / Katzenmann / Einaugeinbein / Einohr / Mannohnekopf / Kleinträne / Tränenfrau / Großträne / Mannmitzweiküssen / Langgesicht / Gewöhnlicherjungermann / Zeitungsverkäufer / Kinderküsse u. a.

## Prolog

Wladimir Majakowski

Wie sollt ihr begreifen
Warum der Ruhige ich
Ein Gewitter aus Hohn meine Seele
Präsentiere auf dem Tablett
Die Mahlzeit der kommenden Jahre
Von der Wange der Plätze
Schlecht rasiert
Ablaufend als nutzlose Träne
Bin vielleicht ich
Der letzte Poet
Habt ihr gesehn
Mit schraffiertem Gesicht
Schaukelt die Trübsal am Strick
Im Takt der Betonalleen
Die Brücken nehmen das Genick
Der Ströme in ihren
Eisernen Würgegriff
Der Himmel heult
Rotz und Wasser
Eine Wolke
Schneidet Grimassen
Wie eine Schwangre
Von Gott beschert
Mit einem schiefen Idioten
Mit Wurstfingern rosa behaart
Hat wie ein Fliegenschwarm euch
Zärtlich die Sonne punktiert
Wachgeküßt in euren
Seelen ist der Sklave
Ich ohne Angst
Meinen Haß auf das tägliche Licht
Schleppe ich durch die Zeiten
Wie die Nerven des Telegrafendrahts
Gespannt meine Seele
Ich Zar der Glühbirnen

Kommt alle zu mir
Wer das Schweigen brach
Und gewürgt von den Schlingen
Der Mittage heult
Aufschlagen werde ich euch
Mit Worten einfach wie ein Gemuh
Unsre neuen Seelen
Surrend wie die Elektrizität
Ich brauche nur
An eure Schädel zu tippen
Und euch wachsen Lippen
Für Küsse und Zungen
Von allen Völkern geliebt
Aber ich hinkende Seele
Begebe mich auf meinen Thron
Unter der schäbigen Wölbung
Von Sternen gesiebt
Ich werde mich hinlegen leuchtend
In Kleidern aus Trägheit
Auf mein Lotterbett aus Stallmist
Und sanft
Und küssend das Knie der Eisenbahnschwelle
Umschmiegt meinen Hals das Lokomotivenrad

## I

*Fröhlich Szene Stadt im Spinnenstraßennetz Bettlerfeiertag W Majakowski allein Vorübergehende bringen Essen Eisernen Hering von einem Ladenschild Goldene Riesenbrezel Falten von gelbem Samt*

WLADIMIR MAJAKOWSKI
Genossen Herrschaften
Wer stopft mir die Seele
Meine Leere tropft
Wenn sie mich anspein wer
Spuckt auf wen
Ich stehe trocken

Versteintes Idol
Die Kuh ist gemolken
Genossen Herrschaften
Mit Ihrer Erlaubnis
Tanzt jetzt vor Ihnen
Der bemerkenswerte Poet
*Auftritt Katzenmann Streichelt Ganz Bart*
Kitzelt die Satten aus ihrer Verschalung
Intoniert auf den Bäuchen euren Krawall
Greift an den Beinen die Tauben und Blöden
Macht ihre Ohren zu Blasinstrumenten
Schlagt den Fässern der Bosheit die Böden aus
Ich schlucke den heißen Stein der Gedanken
Und heute zu eurem schreienden Trinkspruch
Vermähle mich mit meinem Wahnsinn
*Szene füllt sich allmählich Einohr Mannohnekopf u a Stumpfsinnige Stehen ordentlich chaotisch Essen weiter*
Ich Zeilenschinder barfüßiger Juwelier
Betten aufschlitzend in fremdem Quartier
Lege das Feuer für den Weltfeiertag
Der bunten Clochards und der edlen Lumpen

KATZENMANN
Braucht der Weise die Kinderklapper
Ich tausendjähriger Greis
Ich weiß es du bist
Ans Kreuz des Gelächters geschlagen
Ein fünffach gefolterter Schrei
Ein Schmerz liegt riesig über der Stadt
Und zahllose hundert Wehwehchen
Und Kerzen und Lampen im Wettbewerb
Ersticken das Flüstern des Abendrots
Aber die weichen Monde haben
Keine Macht über uns
Den kälteren Chic
Hat der Glanz der Laternen
Aus dem Grund der Städte kriecht an die Macht
Uns auszurotten das tote Gewimmel der Dinge

Und vom Himmel herab
Auf das Heulen der menschlichen Horde
Glotzt ein Idiot
Rauft sich den lumpigen Bart
Vom Staub der Straßen zerfressen
Und schreit nach Vergeltung
Und in eurer Seele
Nimmt ein verblichener Seufzer Platz
Vergeßt ihn streichelt die Katzen
Prahlt mit euren weitläufigen Bäuchen
Blast eure schimmernden Backen auf
Nur mit den Katzen
Im rabenschwarz glänzenden Fell
Fangt ihr den Augenblick der Blitze
In das Muskelnetz der Energie
Springen werden die Straßenbahnen
Das Feuer der Lampen wird glühn in der Nacht
Wie siegreiche Banner
Die Welt wird erwachen
Mit Freude geschminkt
Die Blumen schlagen ein Pfauenrad
In allen Fenstern
Die Menschheit rollt auf den Schienen
Gefolgt von dem schwarzen
Geleitzug der Katzen
Wir heften die Sonne
Unsern Geliebten ans Kleid
Aus den Sternen schmieden wir
Silberne Broschen
Heraus aus den Häusern
Geht streichelt die Katzen
Die dürren die schwarzen

EINOHR

Das ist die Wahrheit
Über der Stadt
Im Reich der Wetterfahnen
Tanzt eine Frau
Schwarz ist die Welt ihrer Augenbrauen

Spuckt auf den Bürgersteig ihren Geifer
Und der Geifer schwillt zu riesigen Krüppeln
Rache kommt über die Stadt
Für die Schuld eines Jemand
Die Menschen gerinnen zur Herde und fliehn
Aber unten zwischen Tapeten
Im Schatten des Weins
Weint ein runzliger Greis
Auf das Piano
*Wird umzingelt Redet weiter*
Über der Stadt macht sich breit
Die Legende der Folter
Du schlägst einen Ton an
Deine Finger bluten
Der Pianist kann die Hand nicht befrein
Aus dem weißen Gebiß
Der tobenden Klaviatur
*Szene in Aufruhr Weiter*
Und heute seit früh
Hat in meine Seele sich
Der Machiche-Tanz verbissen
Ich hopste herum meine Arme gespreizt
Überall auf den Dächern
Tanzten die Schornsteine mit
Und ihre Knie schrieben zweimal die 4
Genossen Herrschaften
Haltet die Luft an
Ist es die Möglichkeit
Selbst die Gassen krempeln die Ärmel auf
Zur Straßenschlacht
Doch meine Trübsal vermehrt sich
Ohne Sinn und Verstand
Wie auf der Hundenase eine Träne
*Aufruhr steigert sich*

KATZENMANN
Da sehen Sie selbst
Die Dinge müssen zerschlagen werden

Immer habe ich den Feind gewittert
In ihren Vertraulichkeiten

LANGGESICHT
Vielleicht muß man die Dinge lieben
Vielleicht hat das Ding eine andere Seele

EINOHR
Viele Dinge sind linksgestrickt
Ihre Herzen kennen keinen Zorn
Taub sind sie für das Böse

LANGGESICHT
*Stimmt freudig ein*
Und wo der Mund in den Menschen geschnitten ist
Haben viele Dinge ein Ohr

WLADIMIR MAJAKOWSKI
*Geht zur Mitte der Stadt*
Schmiert nicht eure Herzen mit Bosheit
Euch meine Kinder lehre ich
Unbeugsam und streng ihr alle seid nur
Die Schellen an Niemands Narrenkappe
Ich mit geschwollenem Fuß
Habe durchquert euer Festland
Und andre irgendwelche Länder
In Mantel und Maske der Finsternis
Ich habe sie gesucht
Sie die von niemand gefundene Seele
Um ihr Heilkraut zu pflanzen
In die Wunde der Münder
*Pause*
Und wieder
Ein Sklave
In blutigem Schweiß
Schaukle ich meinen Wahnsinn
A propos
Einmal habe ich sie gefunden die Seele
Sie kam heraus im blauen Morgenmantel
Nehmen Sie Platz Ich habe Sie lange erwartet Tee
*Pause*
Ich ein Poet

Habe den Unterschied aufgegeben
Zwischen Gesichtern mir nah und mir fremd
Im Eiter der Leichenschauhäuser
Hab ich meine Schwestern gesucht
Geküßt die Pockenkranken und heute
Im Brand der gelben Scheiterhaufen
Tiefer verbergend die Tränen der Meere
Will ich aufbahren die Schande der Schwestern
Und die Runzeln der schlohweißen Mütter
Dann von den Tellern der glatten Salons
Werden wir essen das Fleisch des Jahrhunderts
*Reißt Hülle herunter Riesenfrau furchtsam daneben Herbeirennt Gewöhnlicherjungermann Hektisch Majakowski redet weiter*
Damen und Herren
Man sagt
Irgendwo
In Brasilien wahrscheinlich
Lebt ein glücklicher Mensch

GEWÖHNLICHERJUNGERMANN
*Rennt herum und packt jeden an den Kleidern*
Damen und Herrn
Warten Sie
Damen und Herrn
Sir Sir
Sagen Sie schnell
Ist das der Platz wo man verbrennt
Die Mütter
Herrschaften Gentlemen Messieurs
Der Mensch hat Verstand
Aber vor den Mysterien der Welt
Versagt er
Euer Scheiterhaufen verbrennt
Die Schätze der Wissenschaft und der Bücher
Ich habe eine Maschine erfunden
Sie hackt Koteletts
Ich bin nicht der Dümmste
Ein Bekannter von mir

Arbeitet seit fünfundzwanzig Jahren
An einem Fangeisen für Flöhe
Ich habe eine Frau
Bald wird sie niederkommen
Mit einem Sohn oder mit einer Tochter
Und ihr redet von Monstern
Das ist die Intelligenz
Wirklich es ist eine Schande

EINOHR
Junger Mann
Begeben Sie sich auf die Kiste

STIMMEN
Auf das Faß

EINOHR
Man sieht sie nicht

GEWÖHNLICHERJUNGERMANN
Was gibts da zu lachen
Ich habe einen Bruder
So klein und ihr
Kommt und nagt an seinen Knochen
Wollt ihr euch alles einverleiben
*Alarm Autohupe*

STIMMEN
Die Hosen Die Hosen

WLADIMIR MAJAKOWSKI
Schluß damit
*Umringen Gewöhnlichenjungenmann von allen Seiten*
Hätten Sie Hunger und Hunger wie ich
Sie kauten die Weiten des Ostens und Westens
Wie die geräucherte Fratze der Fabrik
Den Knochen des Firmaments benagt

GEWÖHNLICHERJUNGERMANN
Was denn
Die Liebe ist ohne Bedeutung
Sonja ist meine Schwester
*Auf die Knie*
Kein Blutvergießen liebe Leute
Kein Scheiterhaufen meine Lieben

*Tumult steigert sich Schuß Stimmt langgezogenen Ton an Wasserrohr Dacheisen*

LANGGESICHT

Hätten Sie geliebt wie ich
Töten würden Sie die Liebe
Oder auf einem hohen Schafott
Schänden den rauhen schweißtriefenden Himmel
Und die milchig unschuldigen Sterne

EINOHR

Eure Frauen sie sind nicht begabt für die Liebe
Aufgequollen wie Schwämme von Küssen
*Einfallen Tritte Tausender Füße auf den prallen Bauch des Platzes*

LANGGESICHT

Aber aus meiner Seele kann man schneidern
Kleider à la mode
*Tumult platzt aus allen Nähten Leute umringen die Riesenfrau Heben sie auf die Schultern Schleppen sie zum Ausgang Schreien*

ALLE

Gehn war dorthin wo gekreuzigt wurde
Wegen Heiligkeit ein Prophet
Dort ergeben wir unsere Körper
Einem nackten Tanz
Und auf dem schwarzen Granit
Der Sünde und des Lasters
Errichten wir ein Denkmal
Dem roten Fleisch
*Schleppen sie bis zum Tor aber der Wahnsinn ist gebrochen Schritte Einaugeinbein im Blute freudig Leute werfen Riesenfrau in die Ecke*

EINAUGEINBEIN

Halt
Auf den Straßen
Wo jeder des andern Gesicht trägt
Wie eine Last
Hat soeben die Alte die Zeit
Geworfen einen enormen

Schiefmäuligen Aufstand
Was für ein Gelächter
Was da herauskroch die Schnauzen der Jahre
Verschlugen die Sprache den Rentnern der Welt
Und auf den Stirnen der Städte
Schwoll die Wut an zum Stromnetz
Von Adern tausend Meilen lang
Langsam
Im Schrecken
Aufstanden die Zeiger der Haare
Am kahlen Scheitel der Zeit
Und im Nu
Setzten sich in Bewegung die Dinge zerrissen
Das Maul sich
Und warfen die Lumpen ihrer verschlissenen Namen ab
Die Fenster der Weinläden gossen auf eigene Faust
Wie auf Satans Kommando
Splitternd sich in die Flaschen ein
Dem erschrocknen Schneider liefen die Hosen weg
Und spazierten allein ohne menschliche Schenkel
Betrunken und aufreißend den schwarzen Rachen
Brach die Kommode aus dem Schlafzimmer hervor
Vorsichtig stiegen die Mieder hernieder
Von den Ladenschildern ROBEN UND MODEN
Die Galoschen bleiben streng und zugeknöpft
Mit den Augen flirten
Strümpfe wie Kokotten
Ich flog wie ein Fluch
Mein zweites Bein ist noch hinter mir her
In der Nebenstraße
Wer schreit hier
Daß ich ein Krüppel bin
Ihr Feinde
Verfettet
Vertrottelt
Vergreist
In der ganzen Welt
Heute

Werdet ihr nicht einen Menschen finden
Der zwei identische Beine hat
*Vorhang*

## II

*Eintönig Platz in neuer Stadt Majakowski jetzt in Toga Lorbeerkranz Einaugeinbein beflissen Hinter Tür viele Füße*

EINAUGEINBEIN
Poet
Poet
Man hat Sie zum Fürsten ernannt
Ihre Schranzen
Stauen sich hinter der Tür
Lutschen am Daumen
Und vor jeder Schranze auf dem Boden steht
Ein drolliges Gefäß

WLADIMIR MAJAKOWSKI
Von mir aus
Laßt sie herein
*Schüchtern Frauen mit Bündeln Verneigen sich vielmals*

KLEINTRÄNE
Hier meine Träne
Für Sie
Ich brauche sie nicht mehr
Bitte schön
Das ist sie
Weiß und am seidenen Faden
Aus Augen die ganz Trübsal sind

WLADIMIR MAJAKOWSKI
*Beunruhigt*
Sie nützt nichts
Was soll das
*Zur zweiten*
Haben Sie auch geschwollene Augen

Tränenfrau
*Leichthin*
Larifari
Mein Sohn stirbt
Es macht nichts
Hier noch eine Träne
Eine hübsche Schnalle
Für Ihren Schuh
*Majakowski entsetzt*
Grossträne
Tun Sie als ob Sie nicht merken
Daß ich ein Dreckhaufen bin
Ich werde mich waschen
Und beinahe sauber sein
Hier auch von mir eine Träne
Diesmal eine ganz enorme
Sie ist gratis
Wladimir Majakowski
Es reicht
Das ist ja schon ein Berg
Und die Zeit drängt
Wer ist der charmante Brunette
Zeitungsverkäufer
FIGARO FIGARO GAZETTE
*Zeitungsverkäufer im Gänsemarsch*
Alle
Seht euch den an
Ein Wilder
Machen Sie ein wenig Platz
Es ist finster
Lassen Sie mich durch
Junger Mann
Hören Sie auf zu rülpsen
Mannohnekopf
I i i i i i i i i i
Ä ä ä ä ä ä ä ä ä ä
Mannmitzweiküssen
Die Wolken geben sich dem Himmel hin

Sie sind alt und ausgelaugt
Der Tag ist gestorben
Auch die Mädchen der Luft
Sind auf Gold scharf

WLADIMIR MAJAKOWSKI
Was

MANNMITZWEIKÜSSEN
Geld wollen sie Geld

STIMMEN
Leiser Leiser

MANNMITZWEIKÜSSEN
*Lochballtanz*
Einem großen und schmutzigen Menschen
Hat man zwei Küsse geschenkt
Der Mensch war ungeschickt
Er wußte nichts damit anzufangen
Oder wohin damit
Die Stadt war in Feiertagslaune
Sang Hallelujah in den Kirchen
Die Leute flanierten im Sonntagsstaat
Aber unser Mensch
Stand in der Kälte
Seine Schuhsohlen waren
Mit ovalen Löchern dekoriert
Er wählte den größeren Kuß
Und zog ihn an wie eine Galosche
Aber der Frost ließ sich nicht lumpen biß
In seine Finger
Wenn das so ist
Sagte wütend der Mensch
Werde ich diese nutzlosen Küsse wegwerfen
Und er warf sie weg
Aber plötzlich
Wuchsen Ohren einem der Küsse
Und er begann sich zu drehn und mit dünnem Stimmchen
Rief MAMA
Da erschrak unser Mensch

Wickelte in die Lumpen seiner Seele
Den kleinen zitternden Körper
Trug ihn nach Hause um ihn einzurahmen
Hell blau
Lange kramte er im Staub seines Koffers
Als er sich umsah lag der Kuß auf dem Diwan
Riesig feist und erwachsen
Lachte und tobte
Mein Gott weinte unser Mensch
Nie hätte ich gedacht daß ich so müde werden könnte
Man wird sich aufhängen müssen
Und als er da hing abscheulich und trist
Apportierten die Frauen
Fabriken ohne Schornstein und Rauch
Küsse am Fließband
Alle Sorten groß und klein
Mit dem Fleischhebel der Lippen

KINDERKÜSSE
Wir sind Massenware
Nehmt nehmt
Gleich kommt der erste Ausstoß
Jetzt sind wir acht
Ich bin
Mitja
Bitte schön
*Tränen vor dem Poet Majakowski*

WLADIMIR MAJAKOWSKI
Hören Sie Herrschaften
Ich kann nicht mehr
Ihr habt gut reden aber wer
Küßt mich

DROHENDE STIMMEN
Reden Sie nur so weiter
Wir machen Sie zu Gulasch
Wie ein Kaninchen

MANNMITGERUPFTERKATZE
Du allein kannst singen
*Zeigt auf Tränenberg*

Bring das deinem gut aussehenden Gott

WLADIMIR MAJAKOWSKI

Laßt mich sitzen
Auch gut
Platz da
Ich dachte mein Los
Wird die Freude sein
Mit strahlenden Augen
Mein Platz auf dem Thron
Als feingliedriger Grieche
Nein
Niemals
Geliebte Straßen
Werde ich vergessen
Eure dürren Beine
Und das Grauhaar der nördlichen Flüsse
Und heute werde ich die Stadt durchqueren
Mit dem Skalp meiner Seele
Dekorierend die Blitzableiter
Locke um Locke
Neben mir wird der Mond gehn
Dorthin wo das Firmament
Aus den Nähten platzt
Im Gleichschritt und meinen Hut
Aufsetzen einen Augenblick lang
Ich mit meiner Last
Gehe stolpre krieche
Weiter in den Norden
Wo im Schraubstock unendlicher Trauer
Mit den Fingern der Wellen der fanatische Ozean
Ewig seine Brust zerreißt
Dahin werde ich mich schleppen
Ausgepumpt
Im letzten Fieber
Werde ich eine Träne opfern
Dem dunklen Gott der Stürme
Für die Religion der Tiere

*Vorhang*

## Epilog

Majakowski
Ich schrieb all das
Über euch
Arme Ratten
Ich habe keine Brüste sonst
Hätte ich euch genährt
Wie eine Amme
Ich bin eine Wüste
Ein seliger Leichnam
Aber wer hat vor mir
Den Menschen geschenkt
Die Gedanken des Ozeans
Ich wars der den Himmel ins Schwarze traf
Mit dem Zeigefinger
Schreiend Das ist der Dieb
Manchmal kommt es mir vor
Als wär ich ein Hahn aus der Tiefsee
Oder der Schneemensch von Pskow
Aber manchmal gefällt mir am besten
Im Osten und Westen
Mein eigner Name
WLADIMIR MAJAKOWSKI

HEINER MÜLLER, geboren 1929 in Eppendorf (Sachsen).
Der Abdruck der Stücke *Die Möwe, Tarelkins Tod* und *Wladimir Majakowski Tragödie* erfolgt mit freundlicher Genehmigung des Henschelverlages Kunst und Gesellschaft, DDR-Berlin.

*Die Möwe*, entstanden 1971, DDR Erstaufführung 1973 im Hans-Otto-Theater in Potsdam, Regie Winkelgrund, BRD Erstaufführung 1973 an den Bühnen der Stadt Köln, Regie Drese.

*Tarelkins Tod*, entstanden 1972. Uraufführung 1972 im Brandenburger Theater DDR, Regie Valentin.

*Wladimir Majakowski Tragödie*, entstanden 1983. Uraufführung 1983 in der Schiller Theater Werkstatt Berlin (West), Regie Zischler. Zuerst erschienen in *Theater heute* 9/1983, dann in der Friedenauer Presse, Berlin (West), 1985; aus dieser Ausgabe wurden die Marginalien und Regieanweisungen übernommen, die Gertraude Krüger aus dem Englischen übersetzt hat. Zuletzt in *Russische Stücke*, Hg. Fritz Mierau, Henschelverlag Kunst und Gesellschaft Berlin (DDR), 1988. Die *Aufführungsrechte* für die Bundesrepublik, Österreich und die Schweiz liegen beim Verlag der Autoren, Frankfurt/M.

Für die Stücke *Die Möwe* und *Tarelkins Tod* liegen die *Aufführungsrechte* für die Bundesrepublik beim Drei-Masken-Verlag, München, für Österreich beim Bühnen- und Musikverlag Pero, Wien und für die Schweiz beim Stauffacher Verlag, Zürich.